Biblioteca

HIROMI KAWAKAMI

El cielo es azul, la tierra blanca

Una historia de amor

Traducción de
Marina Bornas Montaña

DEBOLS!LLO

El papel utilizado para la impresión de este libro ha sido fabricado a partir de madera procedente de bosques y plantaciones gestionadas con los más altos estándares ambientales, garantizando una explotación de los recursos sostenible con el medio ambiente y beneficiosa para las personas.

El cielo es azul, la tierra blanca
Una historia de amor

Primera edición en Debolsillo en España: junio, 2018
Primera edición en Debolsillo en México: abril, 2022

D. R. © 2001, Hiromi Kawakami
Todos los derechos reservados

D. R. © 2017, 2018, Penguin Random House Grupo Editorial, S. A. U.
Travessera de Gràcia, 47-49, 08021, Barcelona

D. R. © 2022, derechos de edición mundiales en lengua castellana:
Penguin Random House Grupo Editorial, S. A. de C. V.
Blvd. Miguel de Cervantes Saavedra núm. 301, 1er piso,
colonia Granada, alcaldía Miguel Hidalgo, C. P. 11520,
Ciudad de México

penguinlibros.com

D. R. © 2009, Marina Bornas Montaña, por la traducción, cedida por Quaderns Crema, S. A.
Diseño de la portada: Penguin Random House Grupo Editorial
Fotografía de la portada: © Sun Mi Ahn

· ISBN: 978-607-381-202-3

Impreso en México – *Printed in Mexico*

BESTSELLER

Hiromi Kawakami (Tokio, 1958) estudió ciencias naturales y se dedicó a la enseñanza hasta la publicación de su primer libro de relatos, *Kamisama* (1994), por el que obtuvo el Premio Pascal. Desde entonces, se ha convertido en una de las escritoras más leídas y galardonadas del Japón, merecedora de premios como el Akutagawa en 1996, el Ito Sei y el Woman Writer's en el 2000 y el Tanizaki en 2001. En castellano se han publicado *Abandonarse a la pasión* (1999), *Algo que brilla como el mar* (2003), *El señor Nakano y las mujeres* (2005), *El cielo es azul, la tierra blanca* (2009, nominada al Man Asian Literary Prize y adaptada al cine con gran éxito), *Manazuru* (2013), *Vidas frágiles, noches oscuras* (2015), *Amores imperfectos* (2016) y *Los amores de Nishino* (2017). Su novela más reciente es *De pronto oigo la voz del agua* (2021).

El cielo es azul, la tierra blanca

La luna y las pilas

Oficialmente se llamaba profesor Harutsuna Matsumoto, pero yo lo llamaba «maestro». Ni «profesor», ni «señor». Simplemente, «maestro». Me había dado clase de japonés en el instituto. Puesto que no fue mi tutor ni me entusiasmaban sus clases, no conservaba ningún recuerdo significativo suyo. No había vuelto a verlo desde que me gradué.

Empezamos a tratarnos a menudo cuando coincidimos, hace unos cuantos años, en una taberna frente a la estación. El maestro estaba sentado a la barra, tieso como un palo.

—Atún con soja fermentada, raíz de loto salteada y chalota salada —pedí, y me senté a la barra.

Casi al unísono, el viejo estirado que estaba a mi lado dijo:

—Chalota salada, raíz de loto salteada y atún con soja fermentada.

Al darme cuenta de que teníamos los mismos gustos, me volví y él también me miró. Mientras intentaba recordar dónde había visto aquella cara, empezó a hablarme.

—Eres Tsukiko Omachi, ¿verdad?

Cuando asentí, sorprendida, siguió hablando.

—No es la primera vez que te veo por aquí.

—Ya —repuse, y lo observé con más atención. Llevaba el pelo blanco cuidadosamente peinado, y vestía una camisa de corte clásico y un chaleco gris. Frente a él había una botella de sake, un plato con un pedacito de ballena y un tazón donde solo quedaban restos de algas. Mi asombro fue mayúsculo al comprobar que al viejo y a mí nos gustaban los mismos aperitivos. Entonces fue cuando lo recordé en el instituto, de pie en la tarima del aula. Siempre llevaba el borrador en una mano y la tiza en la otra. Escribía en la pizarra citas clásicas como: «Nace la primavera, el rocío del alba», y las borraba cuando apenas habían pasado cinco minutos. Ni siquiera soltaba el borrador al volverse para dar alguna explicación a los alumnos. Era como un apéndice de la palma de su mano izquierda.

—Las mujeres no suelen frecuentar solas lugares como este —comentó, mientras mojaba el último pedacito de ballena en vinagreta de soja y se lo llevaba a la boca con los palillos.

—Ya —murmuré.

Vertí un poco de cerveza en mi vaso. Yo sabía que él había sido profesor mío en el instituto, pero no recordaba su nombre. En cambio, él era capaz de acordarse del nombre de una simple alumna, hecho que me maravillaba y desconcertaba a partes iguales. Apuré la cerveza de un trago.

—En aquella época llevabas trenza.

—Ya.

—Me acordé al verte entrar y salir de la taberna.

—Ya.

—Debes de tener treinta y ocho años.

—Todavía no los he cumplido.

—Perdona la indiscreción.

—Qué va.

—Estuve hojeando álbumes y consultando listas de nombres para asegurarme.

—Ya.

—Tienes la misma cara.

—Usted tampoco ha cambiado nada, maestro —me dirigía a él como «maestro» para disimular que no recordaba su nombre. Desde ese momento, siempre ha sido «el maestro».

Aquella noche bebimos cinco botellas de sake entre los dos. Pagó él. Otro día, volvimos a encontrarnos en la misma taberna y pagué yo. A partir del tercer día, pedíamos cuentas separadas y cada uno pagaba lo suyo. Desde entonces lo hicimos así. Supongo que no perdimos el contacto porque teníamos demasiadas cosas en común. No solo nos gustaban los mismos aperitivos, sino que también estábamos de acuerdo en la distancia que dos personas deben mantener. Nos separaban unos treinta años, pero con él me sentía más a gusto que con algunos amigos de mi edad.

Solíamos ir a su casa. A veces, salíamos de una taberna y entrábamos en otra. En otras ocasiones, nos despedíamos pronto y cada uno volvía a su casa. Algunos días visitábamos tres o cuatro tabernas distintas, hasta que decidíamos tomar la última copa en su casa.

—Vamos, está muy cerca —me propuso la primera vez que me invitó a su casa.

Me puse en guardia. Había oído decir que su mujer había muerto. No me apetecía entrar en una casa donde vivía un hombre solo, pero cuando empiezo a beber alcohol tengo ganas de beber más, así que acabé aceptando.

Estaba más desordenada de lo que imaginaba. Esperaba encontrar una casa impoluta, pero en los rincones oscuros había montañas de trastos acumulados. En la habitación contigua al recibidor reinaba el silencio. No parecía habitada, solo había un viejo sofá y una alfombra. La siguiente estancia, una salita bastante grande, estaba repleta de libros, hojas en blanco y periódicos apilados.

El maestro abrió la mesita, se dirigió hacia un rincón de la estancia donde había un montón de cachivaches y cogió una botella de sake. Llenó hasta el borde dos tazas de distintos tamaños.

—Adelante, bebe —dijo.

Acto seguido, entró en la cocina. La salita daba al jardín. La puerta corredera estaba entreabierta. A través del cristal se intuía la forma de las ramas de unos árboles. No estaban florecidos, así que no supe reconocerlos. Nunca había entendido mucho de árboles. El maestro trajo una bandeja con galletitas de arroz y un poco de salmón.

—¿Qué árboles son los del jardín? —inquirí.

—Son cerezos —me respondió.

—¿Solo tiene cerezos?

—Sí. A mi mujer le gustaban.

—En primavera deben de ser preciosos.

—Se llenan de bichos. En otoño la hojarasca cubre todo el jardín, y en invierno están tristes y marchitos —me explicó en un tono bastante indiferente.

—Ha salido la luna.

Una media luna brumosa brillaba en lo alto del cielo.

El maestro mordisqueó una galletita de arroz, inclinó la taza y bebió un sorbo de sake.

—Mi mujer nunca preparaba ni planeaba nada.

—Ya.

—Tenía muy claro lo que le gustaba y lo que no.

—Ya.

—Estas galletitas son de Niigata. Me gustan porque tienen un sabor intenso y amargo.

Eran amargas y un poco picantes, el aperitivo perfecto para acompañar el sake. Estuvimos un rato en silencio, comiendo galletitas. Un aleteo sacudió las copas de los árboles del jardín. ¿Había pájaros? Se oyó un débil gorjeo, y las ramas y el follaje se agitaron. Entonces, el silencio se impuso de nuevo.

—¿Hay nidos de pájaros en el jardín? —pregunté, pero no obtuve respuesta.

Me volví. El maestro estaba enfrascado en la lectura de un periódico atrasado. Lo había escogido al azar de entre los ejemplares apilados en el suelo. Estaba leyendo ávidamente una sección que recogía las noticias internacionales, con unas fotos de chicas en traje de baño. Parecía haber olvidado mi existencia.

—Maestro —lo llamé otra vez, pero estaba tan concentrado que ni siquiera pestañeó—. Maestro —repetí, subiendo el tono de voz. Al fin levantó la vista.

—Tsukiko, ¿puedo enseñarte algo? —preguntó de repente.

Sin esperar mi respuesta, tiró el periódico abierto al suelo, abrió la puerta corrediza y entró en otra habitación. Sacó algo de un viejo armario y volvió con las manos llenas de pequeñas piezas de cerámica. Hizo varios viajes entre la salita y la habitación.

—Fíjate en esto.

El maestro, sonriendo con regocijo, alineó las piezas encima del tatami. Todas tenían un asa, una tapadera y un caño.

—Obsérvalas.

—Ya...

¿Qué eran aquellos objetos? Los contemplé en silencio, con la vaga sensación de que los había visto antes en algún lugar. Eran piezas rudimentarias. Parecían teteras, pero eran demasiado pequeñas para serlo.

—Son las teteras de barro de los trenes de vapor —me explicó el maestro.

—¿Eh?

—Cuando viajaba en tren, compraba comida para llevar y una tetera como estas en la estación. Ahora el té se vende en recipientes de plástico, pero antes te lo vendían en estas teteras de barro.

Había más de diez teteras alineadas, algunas de color ámbar, otras más claras. Cada una tenía una forma diferente. Las había con el caño grande, el asa gruesa o la tapadera pequeña, y algunas eran más abultadas.

—¿Las colecciona? —le pregunté.

Él sacudió la cabeza para negar.

—Las compraba en la estación cuando iba de viaje. Esa la compré durante el viaje a Shinshu, en mi primer año de universidad. Aquella es de cuando fui a Nara con un compañero durante las vacaciones de verano. Bajé en una estación a comprar comida y, justo cuando iba a subir de nuevo al tren, se me escapó delante de mis narices. Esa de ahí la compré en Odawara, en mi luna de miel. Mi esposa la envolvió en papel de periódico y la guardó entre la ropa para que no se rompiera. La llevó a cuestas durante todo el viaje.

Una tras otra, fue señalando todas las teteras de barro alineadas encima del tatami y me explicó su origen. Yo me limitaba a asentir con monosílabos.

—Hay gente que se dedica a coleccionar esta clase de objetos.

—Usted es uno de ellos, maestro.

—¡Qué va! Yo no soy ningún chiflado.

El maestro sonrió complacido y me explicó que él se limitaba a recopilar cosas que siempre habían existido.

—Mi problema es que soy incapaz de tirar nada —añadió, mientras volvía a entrar en la otra habitación. Regresó cargado de bolsas de plástico.

—Como esto —dijo, mientras desataba las bolsas y las abría.

Sacó su contenido. Eran un montón de pilas viejas. En cada una de ellas había etiquetas escritas con rotulador negro donde ponía: «maquinilla de afeitar», «reloj de pared», «radio» o «linterna de bolsillo», entre otras. Me mostró una y dijo:

—Esta pila es del año del gran tifón en la bahía de Ise. Un tifón especialmente violento azotó también la ciudad de Tokio. Durante el verano agoté la pila de mi linterna de bolsillo. Estas otras pertenecen al primer radiocasete que tuve. Funcionaba con ocho pilas, que se gastaban en un santiamén. Como nunca me cansaba de escuchar el casete de sinfonías de Beethoven, las pilas me duraban pocos días. No quise guardarlas todas, pero me propuse quedarme por lo menos una, así que cerré los ojos y la escogí al azar.

Le daba lástima desprenderse sin más de unas pilas que tan buenos servicios le habían prestado. Habían alumbrado sus noches de verano, habían hecho sonar su radiocasete y habían hecho funcionar otros aparatos. No le parecía justo tirarlas cuando ya no servían.

—¿No crees, Tsukiko? —me preguntó, mirándome a los ojos.

Sin saber qué responder, musité el mismo «ya» que había repetido varias veces aquella noche y rocé con la punta del dedo una de aquellas decenas de pilas de distintos tamaños. Estaba húmeda y oxidada. La etiqueta indicaba que había pertenecido a una «calculadora Casio».

—La luna ha bajado bastante, ¿verdad? —comentó el maestro, levantando la cabeza.

La luna había conseguido escapar de las nubes y se recortaba en el cielo nocturno.

—Seguro que el té sabía mejor en estas teteras de barro —suspiré.

—¿Te gustaría comprobarlo? —propuso el maestro mientras alargaba el brazo.

Hurgó en el rincón donde guardaba las botellas y sacó un bote de té. Metió unas cuantas hojas en una tetera de barro de color ámbar, abrió la tapadera de un viejo termo que había en la mesita y vertió agua caliente en la tetera.

—Este termo me lo regaló un alumno. Es una antigualla fabricada en América, pero es de mucha calidad. El agua de ayer todavía se mantiene caliente.

Llenó las mismas tazas que habíamos utilizado para beber sake y acarició el termo con delicadeza. El té se mezcló con los restos de sake que quedaban en el fondo de la taza y cogió un sabor extraño. De repente, noté los efectos del alcohol y todo lo que había a mi alrededor me pareció más agradable.

—Maestro, ¿puedo curiosear por la salita? —le pregunté.

Sin esperar respuesta, me dirigí hacia la montaña de trastos acumulados en un rincón. Había papeles viejos, un antiguo Zippo, un espejo de mano oxidado y tres maletines grandes de piel negra y desgastada por el uso. Los tres eran del mismo estilo. También encontré unas tijeras de podar, un pequeño cofre para guardar documentos y una especie de caja negra de plástico. Tenía una escala graduada y un indicador en forma de aguja.

—¿Qué es esto? —le pregunté con la caja negra en la mano.

—¿A ver? ¡Ah, eso! Es un medidor de carga de pilas.

—¿Un medidor? —repetí. El maestro cogió la caja de mis manos con suavidad y buscó algo entre los cachivaches. Encontró un cable rojo y otro negro, y los conectó al medidor. En el extremo de cada cable había una clavija.

—Se hace así —me dijo.

Unió la clavija del cable rojo a uno de los polos de la pila etiquetada como «maquinilla de afeitar» y sujetó el cable negro en contacto con el polo opuesto.

—Fíjate bien, Tsukiko.

Puesto que tenía ambas manos ocupadas, el maestro señaló el medidor con el mentón. La aguja osciló levemente. Cuando la clavija se separaba de la pila la aguja dejaba de moverse, y cuando volvían a entrar en contacto oscilaba de nuevo.

—Todavía le queda energía —constató el maestro en voz baja—. Quizá no podría hacer funcionar un aparato eléctrico, pero no está del todo agotada.

El maestro conectó todas las pilas al medidor, una tras otra. En la mayoría de las ocasiones el indicador permanecía inmóvil cuando las clavijas rozaban los polos, pero algunas pilas hacían oscilar la aguja. Cada vez que eso ocurría, el maestro soltaba un pequeño grito de sorpresa.

—Todavía les queda un poco de vida —comenté.

Él asintió con la cabeza.

—Pero tarde o temprano todas morirán —dijo sin alterarse.

—Acabarán sus vidas dentro del armario.

—Sí, tienes razón.

Permanecimos un rato en silencio, contemplando la luna.

—¿Quieres más sake? —ofreció al fin el maestro, en un tono despreocupado. Llenó de nuevo las tazas—. ¡Vaya! Todavía quedaba un poco de té.

—Será sake diluido.

—El sake no se debe diluir.

—No tiene importancia, maestro.

Para quitarle hierro al asunto, vacié la taza de un trago. El maestro bebía a pequeños sorbos. La luz de la luna era deslumbrante.

—«A través de los sauces / reluce el resplandor ceniciento, / el humo se levanta más allá de la pradera» —recitó el maestro con voz potente.

—¿Qué es eso? Parece un mantra budista —comenté.

—Tsukiko, veo que no prestabas atención en clase —me reprendió el maestro.

—Usted nunca nos enseñó eso —protesté.

—Es un poema de Seihaku Irako —aclaró el maestro, en tono didáctico.

—Nunca había oído ese nombre —le aseguré. Cogí la botella de sake y llené de nuevo mi taza.

—Las mujeres no deben servirse ellas mismas —me regañó el maestro.

—Usted está chapado a la antigua —le respondí.

—Prefiero ser un anticuado que un antisistema —refunfuñó. Se sirvió otra taza de sake y siguió recitando—: «El humo se levanta más allá de la pradera, / una flauta suena dulcemente / y ablanda el corazón del caminante».

Recitaba con los ojos cerrados, como si escuchara atentamente su propia voz. Me quedé absorta contemplando las pilas inmóviles, bañadas por un tenue resplandor.

La luna empezaba a esconderse de nuevo tras la bruma.

Los pollitos

Fue el maestro quien propuso visitar el mercado.

—El mercado abre los días ocho, dieciocho y veintiocho de cada mes. Este mes el veintiocho cae en domingo, así que supongo que estarás libre —anunció sacando una agenda del maletín negro que siempre llevaba encima.

—¿El día veintiocho? —repetí hojeando mi agenda lentamente, aunque ya sabía que no tenía nada que hacer—. Sí, el veintiocho estoy libre. Ningún problema —confirmé dándome aires de importancia.

El maestro cogió una gruesa pluma estilográfica y apuntó en la columna del día veintiocho: «Mercado con Tsukiko. Al mediodía, frente a la parada de autobús de Minami-machi». Tenía una caligrafía bonita.

—Nos encontraremos al mediodía —me recordó el maestro, y guardó la agenda en la cartera. Se me hacía un poco raro quedar a plena luz del día. Nuestras reuniones siempre tenían lugar en la oscuridad de las tabernas, donde nos sentábamos, bebíamos sake y comíamos tofu frío o tofu hervido, según la época del año. Nunca quedábamos de antemano, nos encontrábamos por casualidad. A veces no coincidíamos durante unas cuantas semanas. Otras veces, en cambio, nos veíamos varias noches seguidas.

—¿Qué tipo de mercado es? —le pregunté, sirviéndome un poco de sake.

—Un mercado como cualquier otro. Tiene toda clase de artículos necesarios para el día a día.

Visitar un mercado normal y corriente con el maestro me parecía un poco extraño, pero no vi ningún inconveniente. Yo también anoté en mi agenda: «Al mediodía, frente a la parada de autobús de Minami-machi».

El maestro bebió sin prisa y se sirvió otro vaso. Inclinó ligeramente la botella desde una altura considerable hasta que el líquido empezó a caer describiendo una línea vertical, como si el vaso ejerciera una especie de atracción magnética. No derramó ni una sola gota. Tenía mucha práctica. Traté de imitarlo e incliné la botella por encima de mi cabeza, pero derramé la mayor parte del sake. A partir de aquel día, dejé la elegancia a un lado y me serví sujetando fuertemente el vaso con la mano izquierda y la botella con la derecha. El cuello de la botella estaba tan cerca del borde del vaso, que casi se tocaban.

Un día, un compañero de trabajo me dijo que mi forma de servir la bebida no tenía ningún encanto. La palabra «encanto» me pareció poco adecuada, y el comentario también, porque presuponía que las mujeres teníamos la obligación de servir las bebidas con gracia. Sorprendida, le dirigí una mirada fulminante. Al parecer interpretó mal mi expresión, porque cuando salimos de la taberna intentó besarme aprovechando la oscuridad. Dispuesta a impedírselo, cogí con ambas manos aquella cara que se abalanzaba sobre mí y traté de apartarla con todas mis fuerzas.

—No tengas miedo —susurraba él, sujetándome las manos y acercando su cara a la mía. Era un anticuado en todos los aspectos. Tuve que reprimir el impulso de propinarle un guantazo.

—Hoy no es un buen día —le espeté, con el rostro serio y la voz grave.

—¿Por qué no?

—Porque es el día de la mala suerte. Y mañana también es un día desfavorable para todo.

—¿Eh?

Dejé a mi compañero boquiabierto en aquel callejón oscuro, eché a correr y entré en la boca del metro. Bajé las escaleras sin dejar de correr. Cuando tuve la certeza de que no me seguía, fui al servicio, alivié la vejiga y me lavé las manos. Dejé escapar una risilla sofocada al mirarme en el espejo y ver mi pelo alborotado.

Al maestro no le gustaba que le sirvieran. Él mismo se servía el sake y la cerveza, y lo hacía con delicadeza y pulcritud. Una vez le serví cerveza. Cuando incliné la botella encima de su vaso pestañeó ligeramente, pero no dijo nada. Cuando hube terminado, levantó el vaso y murmuró: «Salud». Apuró la cerveza de un trago y se atragantó. No estaba acostumbrado a beber deprisa. Era evidente que había querido vaciar el vaso cuanto antes. Cuando levanté la botella para servirle de nuevo, irguió la espalda y me dijo:

—Te lo agradezco, pero no es necesario. Prefiero hacerlo yo mismo.

Desde entonces no volví a intentarlo, aunque él a veces sí que me servía a mí.

Cuando el maestro llegó, yo ya estaba frente a la parada del autobús. Había llegado un cuarto de hora antes y él se presentó cuando aún faltaban diez minutos. Era un domingo soleado.

—¿Oyes el susurro de las zelkovas? —me preguntó, levantando la vista hacia los árboles plantados en la acera. Las ramas verde oscuro se balanceaban. No parecía que el viento soplara con fuerza, pero agitaba violentamente las copas de las altas zelkovas.

Era un caluroso día de verano, pero el ambiente no era bochornoso y a la sombra no hacía calor. Fuimos en autobús hasta Teramachi y, una vez allí, anduvimos un rato. El maestro llevaba un sombrero panamá y una camisa hawaiana muy llamativa.

—Esa camisa le queda bien —le dije.

—¡Qué cosas dices! —exclamó sofocado, y aceleró el paso. Caminamos en silencio a paso ligero durante un buen rato, hasta que el maestro bajó el ritmo.

—¿Tienes hambre? —me preguntó.

—Se lo diré en cuanto recupere el aliento —jadeé. Él soltó una carcajada.

—Ha sido culpa tuya. Me has puesto nervioso con tus tonterías —respondió.

—No he dicho ninguna tontería.

No obtuve respuesta. El maestro entró en un restaurante de comida para llevar que había muy cerca de allí.

—Póngame un especial de cerdo con *kimchi* —pidió a la camarera, y se volvió hacia mí. Enarcó las cejas con expresión interrogante. Había tantos platos en el menú que yo no sabía cuál escoger. Estuve a punto de decantarme por un *bibimba* con huevo frito, pero recordé a tiempo que la clara del huevo no me gusta. Cuando empiezo a vacilar soy incapaz de tomar una decisión. Después de mucho dudar, acabé pidiendo lo mismo que el maestro.

—Yo también tomaré el menú de cerdo con *kimchi*.

Nos sentamos en un banco que había al fondo del local y esperamos a que la comida estuviera lista.

—Se nota que está acostumbrado a encargar comida para llevar —observé. El maestro asintió.

—Es porque vivo solo. ¿Tú sueles cocinar, Tsukiko?

—Solo cuando tengo novio —respondí. Él asintió de nuevo con gravedad.

—Es lógico. Yo también debería echarme una o dos novias.

—Debe de ser duro tener dos novias a la vez.

—Sí. Creo que no soportaría tener más de dos.

Mientras estábamos enfrascados en aquella absurda conversación, nos prepararon la comida. La camarera metió en una bolsa de plástico dos fiambreras de distinto tamaño. Me acerqué al maestro y le susurré al oído que una fiambrera era más grande que la otra, a pesar de que habíamos pedido lo mismo. Él me respondió, también en voz baja, que yo no había pedido el menú especial sino el normal, por eso mi fiambrera era más pequeña. Cuando salimos a la calle, el viento había arreciado. El maestro llevaba la bolsa de la comida en la mano derecha y con la izquierda se sujetaba el sombrero panamá.

A lo largo del camino aparecieron los primeros tenderetes. Había uno donde solo se vendían *jikatabi*, zapatos de tela gruesa con suela de goma. En otro solo había paraguas plegables. Algunos ofrecían ropa usada o libros nuevos y de segunda mano. La calle estaba abarrotada de pequeños puestos de venta, que se amontonaban en ambas aceras, uno al lado de otro.

—Hace cuarenta años, un tifón azotó esta zona y la inundó por completo.

—¿Hace cuarenta años?

—Murió mucha gente.

El maestro me explicó que el mercado ya se celebraba antes del tifón. El año siguiente a las inundaciones se instalaron muy pocos tenderetes, pero a partir de entonces el mercado volvió a abrir tres veces al mes. El acontecimiento fue ganando popularidad año tras año y, actualmente, los tenderetes situados entre la parada de autobús de Teramachi y la de Kawasuji oeste estaban abiertos todo el año, incluso los días que no terminaban en ocho.

—Sígueme —dijo el maestro. Entramos en un pequeño parque que quedaba un poco apartado. Estaba desierto. A pesar de que la calle era un hervidero de gente, aquel lugar era un remanso de paz. El maestro compró dos latas de té con arroz integral en una máquina expendedora situada en la entrada del parque.

Nos sentamos en un banco y abrimos las fiambreras. Enseguida noté el olor del *kimchi*.

—Así que su menú es especial.

—Así es.

—¿En qué se diferencia del normal?

Codo a codo, observamos detenidamente nuestros menús.

—Son casi iguales —concluyó el maestro, que parecía divertirse.

Bebí un sorbo de té. A pesar del viento, el calor del verano me había dejado sedienta. El té frío se deslizó por mi garganta.

—Me da la impresión de que estás disfrutando de la comida, Tsukiko —comentó el maestro, que me observaba con envidia mientras yo mojaba el arroz en la salsa de *kimchi* que me había sobrado. Él ya había terminado de comer.

—Lo siento, ya sé que es de mala educación.

—Tienes razón, no es muy elegante. Pero tiene buena pinta —repitió el maestro. Tapó su fiambrera vacía y la envolvió con una goma elástica. A juzgar por el tamaño de las zelkovas y los cerezos que nos rodeaban, el parque debía de ser bastante antiguo.

A continuación de los tenderetes de artículos variados había muchos puestos de comida. Vendían legumbres, plátanos, marisco o cestas llenas de gambitas y cangrejos. El maestro se detenía en todos los puestos para curiosear. Se colocaba a una distancia prudente, con la espalda tan recta como de costumbre, y observaba a sus anchas.

—Mira, Tsukiko. Ese pescado parece fresco.

—Hay demasiadas moscas.

—Las moscas están en todas partes.

—¿Quiere comprar un pollo, maestro?

—¿Un pollo entero? Sería muy engorroso desplumarlo.

Recorríamos el mercado intercambiando comentarios triviales. Los tenderetes estaban tan apiñados que apenas quedaban espacios libres entre ellos. Los tenderos se disputaban a gritos la atención de los transeúntes.

—Mamá, esas zanahorias tienen muy buena pinta —le dijo un niño a su madre, que llevaba un cesto con la compra.

—¡Pero si a ti no te gustan las zanahorias! —respondió la madre, asombrada.

—Pero esas parecen muy sabrosas —protestó el niño. Parecía un chico listo.

—El chaval lleva toda la razón, mis hortalizas son deliciosas —intervino el verdulero, levantando la voz.

—¿Por qué le parecerán tan sabrosas? —se preguntó el maestro, examinando las zanahorias con seriedad—. A mí me parecen normales.

—Tal vez.

El sombrero panameño del maestro estaba un poco ladeado. Avanzábamos empujados por la multitud. De vez en cuando, la silueta del maestro desaparecía entre el gentío y lo perdía de vista. Entonces, buscaba la punta de su sombrero para dar con él. El maestro no parecía preocupado cuando nos separábamos. Si un tenderete le llamaba la atención, se detenía de inmediato como un perro ante un poste de teléfono.

Vimos a la madre y el niño de antes frente a un puesto de setas. El maestro se quedó de pie tras ellos.

—Mamá, esas setas *kinugasa* tienen muy buena pinta.

—¡Pero si a ti nunca te han gustado las setas!

—Pero esas parecen muy sabrosas.

La madre y el hijo repitieron la misma conversación de antes.

—¡Son un señuelo! —exclamó el maestro, alborozado.

—Es una buena idea utilizar como reclamo a una madre y un hijo.

—Pero lo de las setas ha sido demasiado. ¿Qué niño conoce las setas *kinugasa*?

—¿Está seguro?

—¡Pues claro! Si hubiera hablado de champiñones habría sido más creíble.

Más adelante los puestos de comida empezaron a escasear y las tiendas que vendían aparatos electrónicos ocuparon su lugar. Había electrodomésticos, ordenadores, teléfonos e incluso pequeñas neveras de colores. Un viejo tocadiscos reproducía una música de violines. Era una melodía sencilla que sonaba un poco anticuada. El maestro se quedó escuchándola hasta el final.

Todavía era pronto, pero los primeros indicios del anochecer empezaron a manifestarse con timidez. El calor sofocante del día menguaba paulatinamente.

—¿Tienes sed? —me preguntó el maestro.

—Sí, pero prefiero esperar y salir a tomar una cerveza por la noche —repliqué. El maestro asintió con expresión satisfecha.

—Correcto.

—¿Era un examen sorpresa?

—Tsukiko, eres una buena alumna en cuanto a alcohol se refiere. Aunque tus notas de japonés dejaban mucho que desear.

En uno de los tenderetes vendían gatos. Había gatitos recién nacidos, pero algunos eran bastante mayores y considerablemente rollizos. El mismo niño de antes le pedía un gato a su madre.

—No tenemos sitio para un gato —protestó la madre.

—No importa, lo tendremos fuera —replicó el niño.

—¿Los gatos pueden vivir a la intemperie?

—No te preocupes —la tranquilizó su hijo—. Ya nos las arreglaremos.

El vendedor escuchaba la conversación sin intervenir. Finalmente, el niño señaló un gatito atigrado. El vendedor lo envolvió en un paño suave, la madre lo cogió y lo acomodó en la cesta de la compra. Desde el fondo de la cesta, el gato maullaba con un hilo de voz.

—Tsukiko —dijo de repente el maestro.

—¿Qué ocurre?

—Voy a comprar algo.

Pero no se acercó al tenderete de los gatos, sino a otro donde vendían pollitos.

—Deme un macho y una hembra —pidió con determinación.

Los pollitos estaban separados en dos grupos. El tendero escogió al azar un pollito de la derecha y otro de la izquierda, y los metió separados en dos pequeñas cajas.

—Aquí tiene —dijo. El maestro cogió con cuidado las cajas que le tendía. Mientras las sostenía con una mano, sacó el monedero del bolsillo con la otra y me lo dio.

—¿Te importa pagar?

—Prefiero sujetar las cajas.

—De acuerdo.

El sombrero panamá del maestro estaba aún más ladeado que antes. Se secó el sudor de la frente con un pañuelo y pagó. A continuación, guardó el monedero en el bolsillo y, tras un instante de vacilación, se quitó el sombrero y lo puso al revés.

Entonces cogió las cajas de los pollitos que yo sujetaba y las depositó en el interior del sombrero. Echó a andar con el sombrero bajo el brazo, con mucha precaución.

Cogimos el autobús de vuelta en la parada de Kawasuji oeste. No estaba tan lleno como el de ida. El mercado volvía a estar abarrotado porque mucha gente había salido de compras por la tarde.

—No será fácil distinguir el pollito macho de la hembra —observé. El maestro asintió con un suspiro.

—Sí, lo sé.

—Ya.

—Pero no me interesa distinguir el macho de la hembra.

—Ya.

—Me daba lástima quedarme solo uno.

—¿De veras?

—Sí.

Pensé que quizá tenía razón. Bajamos del autobús y el maestro me llevó a la taberna donde solíamos encontrarnos.

—Dos cervezas —pidió—. Y un platito de brotes de soja.

Enseguida nos trajeron las cervezas y dos vasos.

—¿Quiere que le sirva la cerveza, maestro? —ofrecí. Él negó con la cabeza.

—No. Yo te serviré a ti, y luego me serviré a mí mismo.

Nunca me lo permitía.

—¿No le gusta que le sirvan la bebida?

—Si lo hacen bien, no me importa. Pero tú no sabes servir.

—Vaya...

—Yo te enseñaré.

—No hace falta.

—Eres muy testaruda.

—Usted también.

En la cerveza que me sirvió el maestro se formó una capa compacta de espuma. Le pregunté dónde iba a guardar los pollitos, y me respondió que de momento los tendría en casa. Los pollitos se removían inquietos en las cajas, dentro del sombrero. Quise saber si le gustaba tener animales en casa. Él sacudió la cabeza.

—No se me da muy bien.

—¿Y cree que lo conseguirá esta vez?

—Espero que sí. Los pollitos no despiertan ternura.

—¿Prefiere los animales poco tiernos?

—Si lo fueran, me encariñaría demasiado con ellos.

Las cajas de los pollitos seguían crujiendo. El vaso del maestro estaba vacío, así que lo rellené. En lugar de intentar detenerme, se limitó a darme instrucciones.

—Un poco más de espuma. Así, es suficiente.

El maestro estaba impaciente por sacar los pollitos de las cajas, de modo que aquella noche nos conformamos con una sola cerveza. Terminamos de comer los brotes de soja, la berenjena frita y el pulpo con *wasabi* y pedimos la cuenta.

Cuando salimos de la taberna, era casi de noche. Pensé que la madre y el niño que habíamos visto en el mercado ya habrían terminado de cenar, y me imaginé al gatito maullando. En el oeste, el cielo todavía conservaba el tenue resplandor del crepúsculo.

Veintidós estrellas

El maestro y yo no nos hablábamos.

Eso no significa que no nos viéramos. Nos encontrábamos de vez en cuando en la taberna de siempre, pero no nos dirigíamos la palabra. Entrábamos, nos buscábamos con el rabillo del ojo y simulábamos no habernos visto. Yo fingía no conocerlo, y él hacía lo mismo conmigo.

Todo empezó el día que en la pizarra donde anunciaban el plato del día apareció escrito: «Hay guisos». Desde entonces había pasado un mes. A veces nos sentábamos al lado en la barra, pero no nos decíamos nada.

El origen de todo fue la radio.

Estaban retransmitiendo un partido de béisbol muy importante, de la fase final del campeonato. La radio de la taberna no solía estar encendida. Yo estaba sentada con los codos apoyados en la barra, bebiendo sake caliente, sin prestar mucha atención al partido.

Al cabo de un rato, la puerta se abrió y entró el maestro. Se sentó a mi lado y le preguntó al tabernero:

—¿De qué es el guiso del día?

Detrás del tabernero, en un armario, había varios cuencos de aluminio apilados.

—De bacalao al chili.

—Suena muy bien.

—¿Le pongo una ración? —ofreció el dueño del local. Pero el maestro rechazó sacudiendo la cabeza.

—Ponme erizos de mar salados.

«Tan imprevisible como de costumbre», pensé para mis adentros mientras escuchaba la conversación. El tercer bateador del equipo líder hizo un remate largo y el clamor procedente de la radio subió de tono.

—¿Cuál es tu equipo favorito, Tsukiko?

—Ninguno —le respondí. Vertí un poco de sake en mi vaso. Todos los clientes de la taberna estaban pendientes de la radio.

—Yo soy de los Giants, naturalmente —dijo el maestro. Se acabó la cerveza y se sirvió sake. Me di cuenta de que estaba más eufórico que de costumbre. ¿A qué se debería?

—¿Naturalmente?

—Sí, naturalmente.

El partido retransmitido era un duelo entre los Giants y los Tigers. No me consideraba partidaria de ningún equipo, pero en realidad los Giants no me caían bien. Antes no tenía reparos en admitirlo, hasta que alguien me dijo que los anti-Giants eran inconformistas que se negaban a reconocer su admiración por los Giants, como si se tratara de una declaración de amor encubierta. Aquella teoría me indignó, pero desde entonces soy incapaz de pronunciar la palabra «Giants». Tampoco he vuelto a escuchar retransmisiones de partidos de béisbol. En la actualidad, ni siquiera yo misma tengo claro si los Giants me gustan o no. Es una cuestión bastante ambigua.

El maestro escuchaba atentamente la retransmisión. Cada vez que el lanzador de los Giants eliminaba a un jugador del equipo contrario o el bateador hacía un buen lanzamiento, movía vigorosamente la cabeza de arriba abajo.

—¿Qué te pasa, Tsukiko? —me preguntó cuando, en la séptima entrada, los Giants sacaron tres puntos de ventaja a los Tigers con un *home run*—. Deja de moverte.

Había empezado a mover nerviosamente las piernas cuando los Giants se adelantaron en el marcador.

—Es que las noches ya empiezan a ser frías —le respondí sin dirigirle la mirada, con la vista fija al techo. Aquella respuesta no tenía nada que ver con la realidad. En ese preciso instante, el maestro soltó una exclamación de júbilo y yo, simultáneamente, mascullé una palabrota. Los Giants habían conseguido el cuarto punto de ventaja que les aseguraba la victoria, y el público de la taberna estalló en gritos de alegría. ¿Por qué aquella ciudad estaba llena de hinchas de los Giants? Aquello me sacaba de quicio.

—Tsukiko, ¿vas contra los Giants? —me preguntó el maestro. En la novena entrada, los Tigers cometieron dos *outs* y su situación era crítica. Afirmé con la cabeza sin pronunciar palabra. La taberna estaba en silencio. La mayoría de los clientes escuchaba la radio con los cinco sentidos. El ambiente era tan tenso que se podía cortar con un cuchillo. Después de tantos años sin escuchar ni un solo partido de béisbol, mi antigua aversión hacia los Giants me hacía hervir la sangre de nuevo. Aquello me sirvió para convencerme definitivamente de que yo era una anti-Giant y no un hincha encubierto.

—Los odio —susurré con rabia contenida.

El maestro abrió los ojos como platos y musitó:

—¿Cómo puedes odiar a los Giants siendo japonesa?

—Eso no son más que prejuicios —repuse, mientras el último bateador de los Tigers hacía un *strike*. El maestro se puso en pie de un salto y levantó el vaso. Cuando la radio anunció que el partido había terminado, el murmullo de fondo habitual volvió a invadir el ambiente de la taberna. Todo el mundo empezó a pedir sake y aperitivos, y el tabernero respondía con un estruendoso «¡ya voy!» cada vez que recibía un nuevo pedido.

—¡Hemos ganado, Tsukiko!

Con una amplia sonrisa, el maestro intentó servirme sake de su propia botella. No era algo habitual. Teníamos un acuerdo tácito que consistía en no compartir la bebida ni la comida. Cada uno pedía lo que le apetecía. Cada uno se servía sake de su propia botella. Pagábamos por separado. Siempre lo habíamos hecho así. Sin embargo, el maestro estaba llenando mi vaso con su botella de sake. Había violado las normas. Por si fuera poco, lo hacía para celebrar una victoria de los Giants. Jamás imaginé que el maestro se atrevería a reducir distancias entre nosotros. ¡Y todo por culpa de los condenados Giants!

—Me da igual —refunfuñé mientras apartaba la botella de sake que me ofrecía el maestro.

—Nagashima es un entrenador fabuloso.

A pesar de mi reticencia, se las arregló para llenarme el vaso con una habilidad prodigiosa. No derramó ni una sola gota.

—Fabuloso, señor profesor.

Sin beber ni un sorbo, aparté el vaso y desvié la mirada.

—Eso ha sonado muy raro, Tsukiko.

—Lamento haberle ofendido, señor profesor.

—El lanzador también ha estado magnífico.

El maestro rio. «¿Cómo te atreves a reírte de mí, sinvergüenza?», pensé. Se desternillaba de risa. Aquellas carcajadas no eran propias de su carácter apacible.

—Será mejor que cambiemos de tema —le advertí, lanzándole una mirada fulminante. Pero él no dejaba de reír. Había algo diabólico en sus carcajadas. Era la risa de un niño que acaba de aplastar una hormiguita.

—No puedo, ¡no puedo parar!

¿A qué estaba jugando? Sabía que yo detestaba a los Giants y se estaba burlando cínicamente de mí. La verdad es que lo estaba pasando en grande.

—Los Giants apestan —sentencié, y vertí el vaso de sake que él me había servido en el plato vacío.

—¿Apestan? Una mujer joven como tú no debería usar ese vocabulario —me reconvino el maestro con voz reposada. Irguió la espalda y bebió.

—Yo no soy una mujer joven.

—Perdona.

Una incómoda sombra se instaló entre los dos. Fue culpa suya. Y todo porque los Giants habían ganado. Guardamos silencio y nos servimos otro vaso de sake. No pedimos nada para picar, cada uno se limitó a rellenar su propio vaso. Al final, tanto él como yo acabamos borrachos como cubas. Pagamos la cuenta sin hablar, salimos de la taberna y cada uno volvió a su casa. Desde entonces no habíamos vuelto a entablar conversación.

El maestro era mi única compañía.

Últimamente, él era el único con quien compartía bebidas, daba largos paseos y veía cosas interesantes. Aquellos días no hacíamos nada de eso.

Cuando intento recordar con quién salía antes de trabar amistad con el maestro, no se me ocurre nadie.

Estaba sola. Subía sola al autobús, paseaba sola por la ciudad, iba de compras sola y bebía sola. Incluso cuando estaba con el maestro era como si fuera sola a todas partes. No dependía de su compañía, pero cuando estaba con él me sentía más completa. Era una sensación curiosa, como si me hubiera comprado un reloj nuevo y no quisiera quitar el plástico adherente que protegía el cristal. Si el maestro llegara a enterarse de que lo estoy comparando con un pedazo de plástico, probablemente se enfadaría.

Cuando coincidíamos en la taberna y nos tratábamos como perfectos desconocidos, me sentía como el reloj que ha perdido el plástico adherente. Por otro lado, las reconciliaciones fáciles nunca me habían gustado y estaba segura de que al maestro también le resultaban ofensivas. Por eso seguíamos fingiendo que no nos conocíamos.

Un día tuve que ir a Kappabashi por trabajo. Era un día ventoso, y la chaqueta fina que llevaba no me protegía del frío. El viento que soplaba no era una suave brisa otoñal, más bien parecía un amago del invierno. En Kappabashi había muchas tiendas de venta al por mayor de vajilla y utensilios de cocina como ollas, cacerolas y toda clase de cuencos y platos. Cuando hube solucionado el asunto que me había llevado allí, me dediqué a curiosear los escaparates de las tiendas. Las cacerolas expuestas parecían muñecas rusas. Las más pequeñas estaban dentro de las mayores, y así sucesivamente. En la entrada de una tienda había una enorme olla de barro decorativa. Las espátulas y cucharones estaban agrupados por tamaños. Pasé por delante de una cuchillería. A través del cristal del escaparate se podían observar toda clase de cuchillos afilados para cortar verduras y pescado crudo. También había cortaúñas y tijeras de podar.

Entré en la cuchillería, atraída por el brillo del acero, y descubrí unos ralladores de distintos tamaños en un rincón. Un cartel de cartón indicaba que se trataba de una oferta especial. Estaban atados con una goma elástica. Escogí un modelo pequeño.

—¿Cuánto vale? —pregunté.

—Mil yenes —me respondió la vendedora, que llevaba un delantal—. Con impuestos incluidos —añadió, con el curioso acento del dialecto local. Pagué y me envolvió el rallador.

Ya tenía un rallador en casa. Pero cada vez que voy a Kappabashi me apetece comprar algo. La última vez que fui, compré una enorme olla de acero. Pensé que me vendría bien cuando tuviera invitados, aunque no suelo organizar fiestas multitudinarias en casa. Y si tuviera invitados, no sabría qué cocinar en una olla tan grande, de modo que se quedó arrinconada en un estante de la cocina.

Había comprado el rallador para regalárselo al maestro.

Mientras contemplaba aquella cantidad de objetos relucientes, tuve ganas de ver al maestro. Observando aquellos cuchillos, tan afilados que cortaban la piel con solo rozarla y un hilo de sangre roja brotaba de la herida, sentí la necesidad de ver al maestro. No sé por qué extraña asociación de ideas el brillo de los filos me hizo pensar en él. El caso es que me invadió un apremiante deseo de verlo. Había pensado en comprarle un cuchillo de cocina o algo por el estilo, pero un objeto cortante habría llamado mucho la atención en su casa. No encajaba con la humedad y la oscuridad que reinaban en el ambiente. Por eso escogí un rallador, que pasaba más desapercibido. Además, solo costaba mil yenes. Si me gastaba mucho dinero en un regalo y el maestro seguía haciéndose el ofendido, quedaría como una estúpida. El maestro no parecía una persona tan maliciosa, pero por desgracia era un hincha de los Giants, y no podía permitirme el lujo de confiar a ciegas en alguien como él.

Al cabo de pocos días, el maestro y yo coincidimos en la taberna.

Como de costumbre, me ignoró. Sin darme cuenta, yo también adopté la actitud habitual y fingí que no nos conocíamos.

Me senté a la barra, a dos taburetes de distancia de él. Había un hombre sentado entre nosotros que leía el periódico y bebía sake. Al otro lado del hombre del periódico, el maestro pidió tofu hervido. Yo pedí lo mismo.

—Hace frío, ¿verdad? —comentó el tabernero. El maestro musitó unas palabras en voz baja. Probablemente habría dicho algo como: «Sí, hace frío». El ruido que hacía nuestro vecino pasando las páginas del periódico me impidió oír la respuesta.

—El frío ha llegado pronto este año —observé, levantando la voz por encima del crujido de las páginas. El maestro me miró con perplejidad. Quise saludarlo, pero el cuerpo no me respondía. Desvié la mirada inmediatamente. Percibí que el maestro me daba la espalda poco a poco, al otro lado del hombre del periódico.

Cuando nos sirvieron el tofu hervido, comimos simultáneamente y bebimos al mismo ritmo. Me emborraché a la misma velocidad que él. Puesto que ambos estábamos nerviosos, notamos antes los efectos del alcohol. El hombre del periódico no parecía dispuesto a levantarse. Aquel cliente que se interponía entre nosotros nos permitía mirar en direcciones opuestas y beber con aparente calma.

—El campeonato de béisbol ya ha terminado —le comentó el hombre del periódico al tabernero.

—Y el invierno está a la vuelta de la esquina.

—No soporto el frío.

—Con el frío, los guisos apetecen más.

El cliente y el tabernero charlaban tranquilamente. El maestro giró la cabeza en mi dirección. Notaba su mirada acercándose lentamente. Yo también me volví hacia él, con cautela.

—¿Quieres sentarte aquí? —sugirió en voz baja.

—Vale —acepté tímidamente. Entre el hombre del periódico y el maestro había un taburete vacío. Avisé al tabernero de que me cambiaba de sitio, cogí el vaso y la botella y me trasladé.

—Gracias —le dije. Por toda respuesta, el maestro soltó una especie de gruñido ininteligible.

Cada uno empezó a beber su propio sake, con la mirada fija al frente.

Pagamos por separado, apartamos la cortinilla de la entrada de la taberna y salimos al exterior. El ambiente era más cálido de lo previsto, y en el cielo centelleaban las estrellas. Era más tarde que de costumbre.

—Tome, maestro —le dije. Le di el envoltorio, que estaba arrugado porque lo había llevado encima desde que volví de Kappabashi.

—¿Qué es?

El maestro cogió el paquete, depositó la cartera en el suelo y lo desenvolvió cuidadosamente. El pequeño rallador apareció, reluciente bajo la tenue luz que se filtraba a través de la cortinilla. Brillaba mucho más que cuando lo vi en la tienda de Kappabashi.

—Es un rallador.

—Sí.

—¿Es para mí?

—Claro.

Nos hablábamos bruscamente. Siempre nos habíamos tratado así. Levanté la mirada hacia el cielo y me estremecí. El maestro envolvió de nuevo el rallador, lo guardó en el maletín y echó a andar, tieso como un palo.

Yo caminaba mirando hacia arriba. Iba un poco rezagada, escrutando el cielo nocturno y contando estrellas. Cuando había llegado hasta ocho, el maestro me interrumpió.

—«Flor de ciruelo. / Hierbas frescas en la fonda de Mariko. / Sopa de raíz de ñame» —dijo de repente.

—¿A qué viene eso? —le pregunté. El maestro sacudió la cabeza con aire disgustado.

—Veo que tampoco conoces la poesía de Basho —se lamentó.

—¿Basho? —repetí.

—Eso es. Te lo enseñé en clase —replicó. No recordaba aquel haiku.

El maestro caminaba velozmente.

—Maestro, va demasiado rápido —observé desde detrás. No respondió y empecé a mosquearme. Repetí el verso en tono de burla.

—Sopa de raíz de ñame en la fonda de Mariko...

El maestro siguió caminando sin volverse durante un rato, hasta que se detuvo.

—Un día de estos prepararemos juntos una sopa de raíz de ñame. El haiku de Basho es una oda a la primavera, pero la raíz de ñame está muy rica en esta época del año. Yo la rallaré con el rallador y tú tendrás que machacarla con el mortero —dijo sin volverse hacia mí, en el mismo tono de siempre.

Yo caminaba tras él y seguía contando estrellas. Cuando llevaba quince, llegamos al lugar donde solíamos despedirnos.

—Adiós —le dije, agitando la mano. El maestro imitó mi gesto y también se despidió.

Lo seguí con la mirada mientras se alejaba, y me encaminé hacia mi piso. Cuando llegué llevaba veintidós estrellas, contando las pequeñas.

Cogiendo setas
PRIMERA PARTE

No tenía la menor idea de qué estaba haciendo en aquel lugar. Todo empezó cuando al maestro se le ocurrió hablarme de setas.

—Me gustan las setas —me dijo una fría noche de principios de otoño. Estábamos sentados en la barra de la taberna.

—¿Se refiere al hongo blanco? —pregunté, pero el maestro sacudió la cabeza.

—El hongo blanco está muy rico, por supuesto.

—Sí.

—Pero decir que el hongo blanco es la seta por excelencia es sacar conclusiones precipitadas. Es lo mismo que decir que los Giants son el equipo de béisbol por excelencia.

—Pero a usted le gustan los Giants, ¿no es así?

—Me gustan, pero soy consciente de que, objetivamente, el mundo del béisbol no solo gira en torno a los Giants.

Habían pasado unos días desde que el maestro y yo discutimos acerca de los Giants. A partir de entonces, tanto él como yo extremábamos las precauciones cuando hablábamos de béisbol.

—Existen muchos tipos de setas.

—Ya.

—Como el champiñón lila, que se come asado y aliñado con salsa de soja, a poder ser justo después de haberlo cogido. Está delicioso.

—Ya.

—O el *iguchi*, que también es muy sabroso.

—Ya.

Mientras hablábamos, el tabernero asomó la cabeza desde el otro lado de la barra.

—Veo que entiende mucho de setas.

El maestro hizo un breve gesto de asentimiento.

—No es para tanto —dijo quitándose importancia.

—En otoño suelo ir a coger setas —anunció el tabernero, que acercó su cabeza a las nuestras alargando el cuello como un pájaro que se dispone a alimentar a sus polluelos.

—Ya —repuso el maestro, imitando la respuesta imprecisa que yo solía utilizar.

—Si le interesa el tema, podríamos ir juntos a coger setas.

El maestro y yo intercambiamos una mirada. A pesar de que íbamos a aquella taberna casi todos los días, el dueño nunca nos había tratado con tanta confianza ni nos había hablado como si fuéramos viejos conocidos. Siempre trataba a todos los clientes como si fuera la primera vez que acudían a su local. Y, de repente, nos proponía ir juntos de excursión.

—¿Dónde sueles ir a coger setas? —se interesó el maestro. El dueño alargó un poco más el cuello hacia nosotros.

—A Tochigi —respondió. Mi mirada se cruzó de nuevo con la del maestro. El tabernero, con el cuello estirado, esperaba una respuesta.

—¿Qué hacemos? —pregunté yo, al mismo tiempo que el maestro decidía:

—Vamos.

Así que decidimos ir a coger setas a Tochigi en el coche del tabernero.

Yo no entiendo de coches, y estoy convencida de que el maestro tampoco. El coche del tabernero era un turismo blanco. No tenía nada que ver con los modelos aerodinámicos que circulan por la ciudad hoy en día. Era un sencillo coche viejo y compacto de los que solían verse antes.

Quedamos un domingo a las seis de la mañana frente a la taberna. Me levanté a las cinco y media, me lavé la cara, cogí una vieja mochila que la noche anterior había rescatado del fondo del armario y salí de casa. El ruido de la llave de la entrada rompió la calma de la mañana. Varios bostezos más tarde, llegué a la taberna.

El maestro ya había llegado. Estaba de pie, con su inseparable maletín en la mano. El tabernero estaba inclinado encima del maletero abierto, de modo que solo se le veía medio cuerpo.

—¿Eso es material para ir a coger setas? —le preguntó el maestro.

—No. Son cuatro cosas para mi primo, que vive en Tochigi —aclaró el hombre, desde el fondo del maletero. El maestro y yo inspeccionamos el equipaje por encima del hombro del tabernero. Consistía en unas bolsas de papel y un paquete alargado. Un cuervo graznó, encaramado a un poste de electricidad. Sus graznidos eran tan estridentes como de costumbre, pero me pareció que a primera hora de la mañana sonaban más dulces que a plena luz del día.

—Aquí llevo galletas de arroz y algas secas —explicó el tabernero, señalando las bolsas.

—Ya —respondimos al unísono el maestro y yo.

—Y esto es sake —prosiguió mientras nos indicaba el paquete alargado.

—¡Caramba! —exclamó el maestro, sin soltar su maletín. Yo opté por guardar silencio.

—A mi primo le gusta el sake Sawanoi.

—A mí también.

—Me alegro. En la taberna solo tengo sake de Tochigi.

El tabernero se mostraba mucho más jovial que cuando estaba trabajando. Tanto, que parecía haberse quitado diez años de encima.

—Subid —nos invitó, y abrió las puertas traseras. Apoyó una nalga en el asiento del conductor y encendió el motor. A continuación, se levantó de nuevo para ir a cerrar el maletero. Una vez se hubo asegurado de que el maestro y yo estábamos acomodados en los asientos traseros, se fumó un cigarrillo mientras deambulaba alrededor del coche. Al fin, se sentó en el asiento del conductor, se abrochó el cinturón y pisó el acelerador sin prisa.

—Has sido muy amable al invitarnos —le agradeció el maestro desde el asiento trasero. El tabernero giró la cabeza hacia nosotros.

—No hay de qué —respondió con una agradable sonrisa. Pero siguió mirando hacia atrás sin levantar el pie del acelerador, y el coche avanzaba poco a poco.

—Ten cuidado, por favor —le pedí tímidamente, pero él no me oyó y alargó el cuello hacia mí para preguntarme:

—¿Cómo dices?

El coche seguía avanzando, pero él no hizo ademán de girar la cabeza.

—¡Mira hacia delante!

—¡Date la vuelta de una vez!

El maestro y yo gritamos al unísono al ver que nos acercábamos peligrosamente a un poste telefónico.

—¿Eh? —dijo el tabernero, girando la cabeza a la vez que daba un volantazo para esquivar el poste. El maestro y yo suspiramos aliviados.

—No os preocupéis —nos tranquilizó nuestro conductor, y aumentó la velocidad. ¿Qué estaba haciendo yo en un coche desconocido a aquellas horas de la mañana? Desconcertada, me di cuenta de que ni siquiera entendía de setas. Me sentía como si hubiera bebido demasiado. El coche circulaba cada vez más deprisa.

Creo que me dormí. Cuando abrí los ojos, estábamos en una carretera de montaña. Cuando salimos de la autopista y entramos en una carretera que no conocía, aún estaba despierta. Durante el trayecto, nos entretuvimos charlando del maestro, que había sido mi profesor y que no tuvo ningún reparo en recordarme que mis notas de japonés no eran precisamente brillantes. Hablamos también del tabernero, que se llamaba Satoru, y de una especie de seta llamada *modashi* que crecía en las montañas adonde nos dirigíamos. Podríamos haber profundizado en cualquiera de aquellos temas de conversación. Podríamos haber entrado en detalles sobre el *modashi* o sobre lo estricto que era el maestro en clase, pero cada vez que decíamos algo Satoru apartaba la vista de la carretera para mirarnos, así que tanto el maestro como yo procurábamos hacer comentarios lo más triviales posible.

El coche ascendía lentamente por la carretera de montaña. Satoru subió un poco la ventanilla, que estaba abierta. El maestro y yo hicimos otro tanto con las ventanillas traseras. El aire era un poco más fresco. Oíamos nítidamente el trinar de los pájaros en el bosque.

Llegamos a una bifurcación. Uno de los caminos que seguían estaba asfaltado, mientras que el segundo era una pista de tierra. Tomamos el camino de tierra y al poco rato Satoru detuvo el coche, bajó y echó a andar cuesta arriba. El maestro y yo lo observábamos desde los asientos traseros.

—¿Adónde irá? —pregunté. El maestro se encogió de hombros. Bajé la ventanilla y noté el aire fresco de la montaña. Los pájaros se oían más cerca. Eran poco más de las nueve, y el sol estaba bastante alto.

—¿Crees que podremos volver a casa, Tsukiko? —me preguntó el maestro súbitamente.

—¿Cómo?

—Es que me da la impresión de que no saldremos de aquí nunca más.

—¡Qué tontería! —le respondí. Él se limitó a sonreír, mirando por el retrovisor sin despegar los labios.

—¿Está cansado? —inquirí. El maestro sacudió la cabeza.

—En absoluto.

—Si quiere podemos volver a casa, maestro.

—¿Por qué deberíamos volver?

—Pues...

—Prefiero que sigamos juntos. Me da igual adónde vayamos.

—Ajá.

El maestro parecía delirar. Lo observé por el rabillo del ojo, pero no noté nada extraño en su expresión. Estaba tranquilo y sereno como de costumbre, con el maletín a su lado y la espalda tiesa. Mientras yo examinaba al maestro, Satoru volvió al coche acompañado de un hombre. Los dos eran idénticos. Cuando llegaron al coche, abrieron el maletero, descargaron el equipaje rápidamente y se lo llevaron cuesta arriba. Pronto volvieron y se fumaron un cigarrillo junto al vehículo.

—¡Buenos días! —nos saludó el segundo hombre, que ocupó el asiento del copiloto.

—Este es mi primo Toru —nos presentó Satoru. Eran como dos gotas de agua. Tenían la misma cara, la misma expresión y la misma constitución física.

Hasta el aire que respiraban era el mismo. Se parecían en todo.

—Así que tú eres el admirador del sake Sawanoi —le dijo el maestro. Toru se volvió hacia nosotros, a pesar de que ya se había abrochado el cinturón.

—El mismo —respondió jovialmente.

—Yo prefiero el sake de Tochigi.

Satoru se volvió, imitando exactamente el movimiento que había hecho su primo, y reemprendimos la marcha cuesta arriba.

—¡Cuidado! —gritamos el maestro y yo. El coche pasó rozando la valla de seguridad.

—Eres un memo —dijo Toru, sin alterarse. Satoru soltó una carcajada y enderezó el volante. El maestro y yo exhalamos un segundo suspiro de alivio. Los pájaros trinaban en las profundidades del bosque.

—¿Piensa subir vestido así, maestro?

Al cabo de media hora de haber recogido a Toru, Satoru paró y apagó el motor. Los dos primos y yo llevábamos vaqueros y zapatillas de deporte. Nada más bajar del coche, Toru y Satoru hicieron un par de flexiones de rodillas. Yo también hice estiramientos. El maestro era el único que estaba tieso como un palo. Llevaba una americana de *tweed* y zapatos de piel. Era de estilo anticuado, pero parecía ropa de calidad.

—Se va a ensuciar —le advirtió Toru.

—No me importa —replicó el maestro, y se cambió el maletín de mano.

—¿Por qué no deja el maletín en el coche? —le propuso Satoru.

—No creo que sea necesario —rechazó el maestro tranquilamente.

Empezamos a subir por un camino que se adentraba en el bosque. Satoru y Toru llevaban mochilas parecidas a la mía, pero mucho más grandes. Eran especiales para montañeros. Toru encabezaba la marcha y Satoru iba el último.

—Subir es la parte más pesada —observó Satoru, que caminaba detrás de mí.

—Tienes razón —jadeé.

—Sí, hay que subir despacito —dijo una voz idéntica a la de Satoru, que procedía de más arriba.

El maestro subía a un ritmo constante, sin perder el aliento. Yo ascendía entre jadeos. De vez en cuando se oía un repiqueteo, como un martilleo muy rápido.

—¿Qué es eso? ¿Un cuco? —preguntó el maestro. Toru se volvió hacia él.

—No, es un pájaro carpintero. ¿Es usted aficionado a los pájaros, maestro? —le preguntó—. Picotean el tronco de los árboles para comerse los insectos, por eso hacen ese ruido.

—Son unos escandalosos —rio Satoru desde la retaguardia.

La pendiente era cada vez más pronunciada y el camino no era más ancho que un sendero trazado por animales. A ambos lados del camino crecía la maleza otoñal, que nos rozaba la cara y las manos mientras avanzábamos. Los colores del otoño todavía no habían teñido los árboles de la falda de la montaña, pero la zona donde nos encontrábamos estaba cubierta de hojas rojas y amarillas. A pesar de que el aire era fresco, yo estaba empapada en sudor porque no solía hacer ejercicio. En cambio, el maestro parecía fresco como una lechuga, y llevaba el maletín como si no notara su peso.

—Veo que está acostumbrado a subir montañas, maestro.

—Tsukiko, esto ni siquiera puede considerarse una montaña.

—Ya.

—¡Escucha! Otra vez el ruido del pájaro carpintero comiendo insectos.

Pero yo no me sentía capaz de hacer esfuerzos suplementarios y seguí caminando sin despegar la vista del suelo.

Toru, o tal vez Satoru, observó que el maestro estaba en plena forma. Como iba mirando al suelo, no supe de dónde procedía la voz. Satoru, o quizá Toru, me dio ánimos para que siguiera adelante con la excusa de que yo era mucho más joven que el maestro. El sendero subía y subía sin parar. Los silbidos, gorjeos y un sinfín de sonidos varios se sumaban al martilleo del pájaro carpintero.

—Ya falta poco —anunció Toru.

—Sí, era por aquí —corroboró su primo. Toru se desvió del camino bruscamente y se adentró en la espesura. Cuando dejamos atrás el camino, tuve la sensación de que el aire era más denso.

—Aquí hay algunos. ¡Cuidado con los pies! —advirtió Toru mirándonos.

—Intentad no pisarlos —reiteró Satoru desde abajo.

El suelo era húmedo. Un poco más adelante, la maleza desaparecía y los árboles ocupaban su lugar. La pendiente se hizo más suave, y la ausencia de maleza en los bordes del camino permitía avanzar con más comodidad.

—Aquí hay algo —dijo el maestro. Toru y Satoru se acercaron despacio.

—¡Qué curioso! —exclamó Toru, agachándose.

—¿Es un *Cordyceps sinensis*? ¿El hongo que se alimenta de larvas de insectos? —quiso saber el maestro.

—El huésped es todavía muy grande.

—Es una especie de larva.

Hablaban todos a la vez.

—¿Qué clase de seta es esa? —pregunté en voz baja. Con la punta de un palo, el maestro escribió en el suelo «Cordyceps sinensis».

—Veo que en clase de ciencias naturales tampoco prestabas mucha atención, Tsukiko —me sermoneó. Cuando intenté protestar, alegando que aquello no me lo habían enseñado nunca en clase, Toru soltó una sonora carcajada.

—En la escuela nunca te enseñan las cosas que verdaderamente importan —dijo, y siguió riendo. El maestro guardó silencio, sin alterarse, hasta que Toru dejó de reír.

—Con la disposición adecuada, las personas podemos aprender muchas cosas en cualquier lugar —explicó sin perder la calma.

—¡Qué gracioso es tu profesor! —me dijo Toru, y siguió riendo durante un buen rato. El maestro sacó una bolsa de plástico del maletín, introdujo el hongo en el interior con delicadeza e hizo un nudo en la punta. A continuación guardó la bolsa en el maletín.

—Sigamos adelante. Entraremos en el bosque para encontrar setas comestibles —dijo Satoru adentrándose en la espesura. Nos dispersamos y echamos a andar examinando cuidadosamente el suelo. El elegante traje de *tweed* del maestro se confundía con los árboles y producía el mismo efecto que un uniforme de camuflaje. Creía que estaba justo delante de mí, pero si apartaba la vista durante un segundo y volvía a mirar, ya se había esfumado. Entonces lo buscaba, sorprendida, para descubrir que se encontraba a mi lado.

—¡Estaba aquí, maestro! —exclamaba yo.

—No me he movido en todo el rato —respondía él misteriosamente, con una risita disimulada. Entre los árboles, el maestro se transformaba por completo. Parecía un legendario habitante del bosque.

—¿Maestro? —lo llamé de nuevo, inquieta.

—Ya te he dicho antes que no me he movido de aquí, Tsukiko.

Fuera como fuese, el maestro seguía adelante sin darse cuenta de que yo me estaba quedando rezagada.

—Es que eres una despistada, Tsukiko. Si estuvieras más centrada, eso no te pasaría —me reconvenía él, que avanzaba sin mirar atrás. Oíamos el martilleo muy cerca de allí. El maestro se internaba en el bosque. Mientras seguía su silueta con la mirada, me pregunté de nuevo qué estaba haciendo allí. Su traje de *tweed* aparecía y desaparecía entre los árboles.

—¡Aquí hay muchas!

La voz de Satoru retumbó desde las profundidades del bosque.

—Es una colonia entera, ¡hay muchas más que el año pasado! —confirmó la lejana voz de Satoru, o tal vez fue la de Toru, desde algún lugar recóndito.

Cogiendo setas
SEGUNDA PARTE

Estaba mirando al cielo.

Me había sentado en un gran tronco. Toru, Satoru y el maestro habían desaparecido en el bosque. Desde el lugar donde estaba, el martilleo del pájaro carpintero era casi inaudible. Otros pájaros trinaban en su lugar.

La humedad impregnaba todos los rincones. La tierra no era lo único que estaba empapado: las hojas de los árboles, la maleza, los hongos, los innumerables microbios que habitaban el subsuelo, los insectos que se arrastraban por la superficie, los bichos alados que volaban en el cielo, los pájaros que descansaban en las ramas y los animales más grandes del interior del bosque llenaban el ambiente de vida y de rebosante humedad.

Entre las copas de los árboles se vislumbraban pequeñas manchas azules. El follaje parecía una red extendida a lo largo del cielo. Cuando mis ojos se acostumbraron a la oscuridad, detecté muchas formas de vida entre la maleza: musgo, pequeñas setas de color naranja y unas nervaduras blancas que probablemente pertenecían a una especie de moho. Vi escarabajos muertos, infinitas variedades de hormigas, insectos de toda clase y mariposas que dormían en los reversos de las hojas.

Me sorprendió estar rodeada de tantas criaturas vivas. En la ciudad siempre estaba sola, aunque estuviera con el maestro. Creía que en las ciudades solo vivían criaturas de gran tamaño. Sin embargo, al reflexionar sobre el asunto me di cuenta de que en la ciudad también estaba rodeada de seres vivos. Nunca estábamos solos. Aunque en la taberna solo hablara con el maestro, Satoru también estaba allí, así como una multitud de clientes habituales cuyas caras me resultaban familiares. Aun así, nunca había considerado a los demás personas de carne y hueso. No había caído en la cuenta de que cada uno de ellos tenía su propia vida, llena de altibajos como la mía.

Toru regresó.

—¿Va todo bien, Tsukiko? —me preguntó. Llevaba un puñado de setas en cada mano.

—Todo bien, gracias —respondí.

—Deberías habernos acompañado —me reprochó Toru.

—Tsukiko es una chica muy romántica —tronó la voz del maestro detrás de nosotros. Acto seguido, surgió de entre las sombras de los árboles. Hasta entonces no había percibido su presencia porque llevaba ropa de camuflaje, o tal vez por su forma discreta de caminar—. Ha preferido quedarse aquí sola, ensimismada en sus pensamientos —añadió—. ¿No es así, Tsukiko?

Su americana de *tweed* estaba cubierta de hojitas secas.

—Las mujeres son muy sentimentales —dijo Toru con una estruendosa carcajada.

—Así es —afirmé sin alterarme.

—¿Nos ayudas a preparar la comida, señorita romántica? —me pidió Toru, que abrió la mochila de Satoru y sacó una cacerola de aluminio y un hornillo portátil—. ¿Puedes ir a por agua?

Me levanté de un salto. Me indicaron el lugar donde se hallaba una pequeña fuente, un poco más arriba. La encontré entre dos grandes rocas. Cogí un poco de agua con las manos y me la llevé a los labios. Estaba fría y era ligera. Repetí el gesto varias veces.

—Pruébela —le ofreció Satoru al maestro, que estaba sentado encima de una hoja de periódico, con la espalda recta. Bebió un sorbo de la sopa de setas.

Satoru y Toru cocinaron las setas que habían reunido a lo largo de la mañana. En primer lugar, Toru las limpió de tierra y barro. Satoru cortó las más grandes y dejó enteras las pequeñas. Las salteó todas en una pequeña sartén. A continuación, las metió en un cazo con agua hirviendo, añadió un poco de miso y las coció durante un rato.

—Anoche estuve estudiando un poco —dijo el maestro. Sujetaba entre ambas manos un tazón de aluminio, muy parecido a los que había antiguamente en los comedores de los colegios, y soplaba para enfriar la sopa.

—¿Estudiando? Es usted un profesor de pura cepa —repuso Toru, que sorbía su sopa enérgicamente.

—Hay muchas setas que son venenosas y no lo parecen —explicó el maestro. Pellizcó una seta con los palillos y se la llevó a la boca.

—Así es.

Satoru ya había despachado su primera ración de sopa y estaba rellenando su tazón.

—Es evidente que nadie se comería una seta de aspecto venenoso.

—Maestro, no diga esas cosas mientras comemos —le pedí, pero no me hizo caso, como de costumbre.

—De todos modos, hay unas setas llamadas «engañosas» que son casi idénticas a los hongos blancos, del mismo modo que las setas fosforescentes se parecen mucho a las setas de madera de roble. Ahí está el problema.

El tono solemne del maestro hizo que Satoru y Toru estallaran en carcajadas.

—¿Sabe, maestro? Llevamos más de diez años cogiendo setas y nunca hemos encontrado esas especies que acaba de mencionar.

Tras una breve pausa, seguí comiendo. Levanté la vista para comprobar si Toru y Satoru habían captado aquel instante de vacilación, pero no parecían haberse dado cuenta.

—La que antes era mi esposa se comió una vez una seta de la risa —dijo el maestro. Toru y Satoru lo miraron intrigados.

—¿La que antes era su esposa? ¿A qué se refiere?

—Me refiero a que mi esposa me abandonó hace quince años —aclaró el maestro, con su seriedad habitual. Ahogué una exclamación de sorpresa. Creía que la esposa del maestro había muerto. Esperaba que Toru y Satoru también mostraran su perplejidad, pero permanecieron impasibles. Entre sorbo y sorbo, el maestro nos explicó la siguiente historia.

—Mi mujer y yo solíamos ir de excursión. Habíamos recorrido todas las colinas de los alrededores que quedaban a una hora en tren de casa. Los domingos madrugábamos, cogíamos la comida que había preparado mi mujer y subíamos al primer tren de la mañana, que todavía estaba vacío. A ella le gustaba leer un libro titulado *Las mejores excursiones de los alrededores*. En la portada aparecía una fotografía de una mujer con botas de piel, pantalones bombachos y sombrero con plumas caminando por la montaña con un bastón en la mano. Mi esposa se vestía como la mujer del libro para ir de excursión, con el bastón incluido. Yo le decía que aquella indumentaria no era necesaria, que solo se trataba de una simple excursión. Pero ella alegaba que había que cuidar el aspecto y no me hacía caso. A veces nos cruzábamos con gente que hacía la misma excursión que nosotros en chanclas de goma, pero ella nunca cambiaba su atuendo. Era muy testaruda.

»Nuestro hijo ya iba a la escuela primaria. Aquel día fuimos de excursión los tres juntos, como siempre. Sería más o menos la misma época del año que ahora. El otoño había teñido los árboles de rojo y amarillo, pero las lluvias habían hecho caer la mayor parte de las hojas. Mis zapatillas de deporte se quedaban atascadas en el lodo y tropecé más de una vez. Mi mujer, en cambio, caminaba tranquilamente con sus botas de montaña. Cuando yo me caía, no me reprochaba nada ni me recordaba que ya me lo había advertido. A pesar de su cabezonería, no era una persona rencorosa.

»Cuando ya llevábamos un buen rato caminando, nos detuvimos para descansar. Comimos cada uno dos rodajas de limón con miel. A mí nunca me han gustado las cosas ácidas, pero mi mujer insistía en que las rodajas de limón con miel no podían faltar en una excursión, así que me las comía sin rechistar. Si hubiera protestado, ella no se habría enfadado, pero los pequeños disgustos se van acumulando. Del mismo modo que una pequeña ola puede desencadenar un tsunami en la otra punta del océano, una tontería puede provocar una discusión en el momento más inesperado. Forma parte del matrimonio.

»A mi hijo el limón le gustaba aún menos que a mí. Se metió una rodaja en la boca, se levantó y fue hacia los árboles. Se agachó como si estuviera recogiendo las hojas de colores esparcidas por el suelo. Me pareció una buena idea. Cuando me acerqué a él para echarle una mano descubrí que, en realidad, estaba escarbando el suelo a escondidas. Cavó un hoyo poco profundo, escupió apresuradamente la rodaja de limón que tenía en la boca y la enterró con rapidez. No se le podía considerar un niño tiquismiquis. Mi esposa lo había educado bien en ese sentido, pero el limón era algo que superaba los límites de su tolerancia.

»—¿No te gusta el limón? —le pregunté. Me miró sorprendido y asintió sin decir nada—. A mí tampoco —le confesé. Él sonrió, un poco más aliviado. Cuando sonreía se parecía a su madre. Sigue pareciéndose a ella. Por cierto, mi hijo está a punto de cumplir cincuenta años, la edad que tenía mi esposa cuando me abandonó.

»Mientras ambos estábamos agachados recogiendo hojas de colores, apareció mi mujer. Se nos acercó sin hacer ruido, a pesar de las gigantescas botas de montaña que llevaba.

»—Escuchad —dijo a nuestras espaldas. Mi hijo y yo nos volvimos, sorprendidos—. He encontrado una seta de la risa.

Su voz era un susurro casi inaudible.

Aunque había bastante sopa, entre los cuatro nos la acabamos pronto. La mezcla de las distintas especies de setas le daba un sabor exquisito. Fue el maestro quien la describió con ese adjetivo, «exquisita». Estaba contando su historia cuando, de repente, se interrumpió para decir:

—Satoru, la sopa está exquisita y tiene una fragancia deliciosa.

Satoru enarcó las cejas.

—Solo se le ocurriría a un profesor describir una sopa con esas palabras —observó Toru, y le pidió que siguiera contando su historia.

—¿Qué pasó con la seta de la risa? —preguntó Satoru.

—¿Cómo pudo identificarla? —inquirió su primo.

—Además de *Las mejores excursiones de los alrededores*, a mi mujer también le gustaba mucho hojear un pequeño manual titulado *Cien variedades de setas*. Siempre llevaba los dos libros en la mochila cuando íbamos de excursión. Aquel día, abrió el libro por la página de la seta de la risa.

»—Sí, tiene que ser esta —repitió varias veces.

»—¿Por qué te interesa tanto saber qué clase de seta es? —le pregunté.

»—Porque voy a probarla —me respondió con determinación.

»—¿No es venenosa? —me sorprendí.

»—¡No te la comas, mamá! —le suplicó nuestro hijo a gritos. Ella ni siquiera nos escuchó. Se llevó la seta a la boca sin quitarle la tierra que le cubría el sombrero.

»—Las setas crudas no saben muy bien —nos explicó, y cogió unas rodajas de limón con miel para acompañarla. Desde aquel día, mi hijo y yo no hemos vuelto a probar el limón con miel.

»Entonces empezó el espectáculo. Mi hijo rompió a llorar.

»—¡Mamá se va a morir! —sollozaba desconsolado.

»—Nadie ha muerto por comerse una seta de la risa —intentaba tranquilizarlo mi esposa. Ella no quería ir al hospital, así que tuve que llevármela a la fuerza y deshicimos el camino que habíamos recorrido.

»Cuando ya casi habíamos llegado al pie de la montaña, se manifestaron los primeros síntomas. Más tarde, el médico impasible que nos atendió en el hospital nos explicó que una única seta bastaba para provocar los síntomas de la intoxicación. A mí me dio la impresión de que se había comido un bosque entero de setas de la risa.

»Mi mujer, que hasta entonces había mantenido la compostura, empezó a proferir una especie de risita ahogada. Al principio solo eran espasmos entrecortados que pronto se convirtieron en una estridente carcajada que parecía no tener fin. Se estaba desternillando, pero no era una risa alegre ni placentera. Lo que salía de su interior eran convulsiones que la poseían por completo y que no podía controlar a pesar de sus esfuerzos. Su cerebro intentaba dominar el cuerpo, que no reaccionaba. Aquella risa sonaba como si alguien le hubiera contado un chiste macabro y estuviera riendo en contra de su voluntad.

»Mi hijo estaba asustado y yo empezaba a sentirme intranquilo, pero ella seguía riendo con los ojos inundados de lágrimas.

»—¿No puedes dejar de reír? —le pregunté.

»—N... no puedo parar —consiguió articular entre jadeos—. La garganta, la cara y los pulmones... no... no me responden.

»Estaba pasando un mal rato, pero no podía dejar de reír. Yo me sentía furioso. Me preguntaba por qué mi mujer siempre me metía en líos. Para ser sincero, aquellas excursiones semanales nunca habían sido de mi agrado. A mi hijo le gustaban tan poco como a mí. Él hubiera preferido mil veces quedarse en casa con sus juegos de construcciones o ir a pescar a un riachuelo cercano. Aun así, tanto él como yo hacíamos lo que a ella le apetecía. Nos levantábamos a una hora intempestiva y nos dedicábamos a recorrer todas las dichosas colinas que rodeaban la ciudad. Pero se ve que ella, como si no tuviera bastante, sintió la necesidad de tragarse una seta de la risa.

»En el hospital le trataron la intoxicación, pero aquel médico impasible nos hizo saber que una vez el veneno ha entrado en el torrente sanguíneo, ya no hay nada que hacer. Y tenía razón. El estado de mi mujer no cambió después del tratamiento. Siguió retorciéndose de risa hasta el anochecer. Regresamos a casa en taxi. Acompañé a mi hijo al futón, lo arropé y se durmió en el acto, agotado de tanto llorar. Mientras observaba por el rabillo del ojo a mi mujer, que seguía riendo sola en la salita, preparé dos tazas de té amargo. Ella se lo tomó riendo, yo me lo tomé hecho una furia.

»Cuando al fin los síntomas empezaron a remitir, le reproché su actitud y le pedí que reflexionara sobre las molestias que había ocasionado a los demás a lo largo del día. Los sermones eran mi especialidad. La regañé como si fuera una de mis alumnas. Ella me escuchaba cabizbaja y acataba todo lo que le decía con un movimiento de cabeza. Me pidió disculpas varias veces.

»—Todo el mundo provoca molestias a los otros —repuso al fin.

»—Yo no molesto a nadie. Tú, en cambio, has sido una carga. No debes involucrar a los demás en tus asuntos personales —le respondí a regañadientes. Ella volvió a agachar la cabeza. Diez años más tarde, cuando me abandonó, evoqué con claridad su silueta cabizbaja. Mi esposa no era una persona de trato fácil, pero yo tampoco. Dicen que nunca falta un roto para un descosido. Es evidente que yo no era el roto ideal para su descosido.

—¿Un traguito de sake, maestro? —ofreció Toru, mientras sacaba una botella de Sawanoi de casi un litro de su mochila. Cuando se hubo acabado la sopa de setas, Toru empezó a extraer cosas de su mochila como por arte de magia: setas disecadas, galletas de arroz, calamar ahumado, tomates naturales y virutas de bonito.

—¡Esto es un festín! —se regocijó Toru. Los dos primos apuraron con avidez sus vasos de plástico llenos de sake e hincaron el diente a los tomates.

—El alcohol acompañado de un buen tomate no sube tan fácilmente —aclararon, y siguieron bebiendo.

—Maestro, ¿estarán en condiciones de conducir? —cuchicheé.

—No te preocupes. Según mis cálculos, tocamos a ciento ochenta mililitros de sake por barba —me tranquilizó. El ardor del alcohol se sumó al sofoco que me había provocado la sopa de setas. Los tomates eran deliciosos. Los comíamos a mordiscos, sin sal. Toru los cultivaba en el jardín de su casa. Cuando terminamos con nuestras respectivas dosis de sake, Toru sacó otra botella de la mochila, de modo que tuvimos ración doble de alcohol.

El pájaro carpintero volvía a repiquetear. De vez en cuando notaba cómo los insectos se arrastraban por debajo de la hoja de periódico donde estaba sentada. Aparecieron algunos bichitos alados y otros de gran tamaño, que venían zumbando y se detenían cerca de nosotros. Un gran número de insectos se reunió alrededor del calamar ahumado y el sake. Toru seguía comiendo y bebiendo, sin molestarse en ahuyentarlos.

—Acabas de comerte un bicho —le advirtió el maestro.

—¡Delicioso! —respondió Toru, sin alterarse en absoluto.

Las setas desecadas no estaban del todo deshidratadas, todavía conservaban algo de jugo. Sabían a carne ahumada.

—¿Qué clase de seta es esa? —pregunté.

—Una *Amanita muscaria* —me respondió Satoru, que tenía la cara roja como un pimiento.

—¡Pero si es muy venenosa! —exclamó el maestro.

—¿Eso lo ha encontrado en *Cien variedades de setas*, maestro? —le preguntó Toru con una sonrisa burlona. El maestro no respondió. Se limitó a abrir el maletín y sacar el ejemplar de *Cien variedades de setas*. Era un libro manoseado y encuadernado a la antigua. En la portada aparecía una seta puntiaguda de color rojo, muy llamativa y algo deteriorada, que parecía una *Amanita muscaria*.

—¿Conoces esta historia, Toru?

—¿Cuál?

—La historia de Siberia. Hace mucho tiempo, los jefes de los poblados de la meseta siberiana comían la *Amanita muscaria* antes de ir a la guerra. Es una seta que contiene sustancias alucinógenas. Una vez ingerida, provoca una gran excitación y aumenta la agresividad. Otorga una fuerza descomunal y duradera que, en condiciones normales, una persona solo podría mantener durante breves instantes. En primer lugar, el jefe del poblado comía una seta. A continuación, el hombre que ocupaba el rango inmediatamente inferior bebía la orina del jefe. El siguiente hombre hacía lo mismo con la orina de su superior y así sucesivamente, hasta que todos habían ingerido las propiedades de la seta. Cuando el ritual terminaba, el ejército ya estaba listo para combatir —explicó el maestro.

—Ese libro es más instructivo de lo que parece —observó Satoru, haciendo esfuerzos por aguantarse la risa. Despedazó una seta desecada y se llevó un trocito a la boca.

—Probadlas —nos invitó Toru al maestro y a mí, y nos ofreció una seta a cada uno. El maestro observó la suya atentamente, mientras yo olisqueaba la mía con reticencia. Toru y Satoru estallaron en carcajadas sin motivo aparente.

—Veréis... —dijo Toru. Satoru rio con más ganas. Cuando se hubo tranquilizado, fue él quien intervino.

—Esto... —empezó, pero no pudo acabar porque Toru lo interrumpió con otro ataque de risa. Al final, hablaron al unísono y dijeron algo como: «Veréis... esto...», y ambos estallaron en carcajadas.

La temperatura había subido un poco. Aunque se avecinaba el invierno, la tierra del sotobosque estaba impregnada de humedad y desprendía calidez. El maestro bebía a pequeños sorbos y mordisqueaba la seta desecada.

—¿Está seguro de que se puede comer? Creía que era venenosa —observé. Él se limitó a sonreír.

—Quién sabe —dijo con el rostro iluminado por una agradable sonrisa.

—Toru, Satoru. ¿De verdad son amanitas?

Los primos respondieron al unísono, de modo que me fue imposible distinguir quién dijo qué.

—¡Qué va! ¡Claro que no! —exclamó uno.

—¡Pues claro! Son auténticas amanitas —aseguró el otro.

El maestro seguía sonriendo. Se llevó su seta a la boca de nuevo.

—Demasiado roto —susurró con los ojos cerrados.

—¿Ha dicho algo? —le pregunté.

—Uno demasiado roto y el otro demasiado descosido —repitió—. Prueba la seta, Tsukiko —me ordenó el maestro, como si estuviera dando clase. Todavía recelosa, saqué la punta de la lengua y lamí la seta que tenía en la mano, pero solo sabía a polvo. Toru y Satoru seguían riendo. El maestro sonreía con la mirada perdida. Desesperada, me metí la seta entera en la boca y la mastiqué varias veces.

Seguimos bebiendo durante poco más de una hora, pero no pasó nada digno de ser mencionado. Recogimos las mochilas y emprendimos el camino de vuelta. Mientras descendíamos, no sabía si reír o llorar. Tal vez fuera culpa del alcohol, que también me había hecho perder la noción del espacio y caminar sin tener la más remota idea de dónde estaba. Satoru y Toru encabezaban la marcha. Su silueta era idéntica, y tenían la misma forma de caminar. El maestro y yo andábamos de lado, riendo.

—¿Sigue enamorado de su esposa, maestro? —le pregunté en voz baja, y él rio con más ganas.

—Mi mujer sigue siendo un misterio para mí —me respondió, un poco más serio. Entonces se echó a reír de nuevo. Los insectos zumbaban a nuestro alrededor, y yo seguía sin entender qué estaba haciendo allí.

Año nuevo

Tuve un pequeño percance.

Se me fundió un fluorescente de la cocina que medía más de un metro de largo. Subí encima de un taburete alto, de puntillas, e intenté cambiarlo. Llevaba mucho tiempo sin hacerlo y no recordaba cómo quitar el fluorescente.

Tiré y empujé, pero no lo conseguí. Intenté desmontar la lámpara con un destornillador, pero estaba colgada del techo mediante unos cables rojos y azules, de modo que de poco servía un destornillador.

En vista de la situación, di un fuerte tirón y el fluorescente se rompió. Los fragmentos de cristal se dispersaron por el suelo, delante del fregadero. En ese momento iba descalza, y cuando bajé del taburete a toda prisa me clavé un pequeño cristal en la planta del pie. Un chorro de sangre roja brotó de la herida. El corte era más profundo de lo que parecía.

Asustada, fui a la habitación y me senté en el suelo, pero empecé a sentirme mareada y temí desmayarme. De haber estado allí, el maestro se habría echado a reír y me habría dicho algo como: «¿De veras has estado a punto de desmayarte por un hilillo de sangre? ¡Qué aprensiva eres, Tsukiko!». Pero el maestro nunca había estado en mi casa, aunque yo a veces iba a la suya. Me quedé sentada en la habitación y me sentí los párpados muy pesados. No había comido nada desde el desayuno. Había pasado casi todo el día tumbada en el futón, sin hacer nada. Era lo único que me apetecía el día de año nuevo, cuando volvía de casa de mi madre.

Mi madre, mi hermano y la familia de este vivían en el barrio, pero apenas nos visitábamos. No me sentía a gusto en aquella casa llena de ajetreo. Mi familia ya no me presionaba como antes para que me casara y dejara de trabajar, hacía mucho tiempo que había dejado de atormentarme con esa letanía. Pero algo en aquella casa me provocaba incomodidad. Era como si encargara varias piezas de ropa hechas a medida y al probármelas descubriera que unas eran demasiado cortas y otras eran tan largas que las arrastraba por el suelo al caminar. Entonces me quitaba la ropa, estupefacta, comprobaba de nuevo las medidas y me daba cuenta de que eran exactas. Así me sentía con mi familia.

Al mediodía del día 3 de enero, mientras mi hermano estaba fuera de visita con su mujer y sus hijos, mi madre hizo tofu hervido. Siempre me había gustado el tofu hervido de mi madre. Ya me gustaba incluso antes de empezar el colegio, aunque no suele ser la comida favorita de los niños. Mi madre mezcló salsa de soja con sake en una tacita de té y añadió un poco de atún. A continuación, calentó el tofu en una olla de barro. Al cabo de un rato, abrí la tapadera y la olla exhaló una nube de vapor. Cogí con los palillos la porción de tofu entera y la despedacé. Mi madre solo compraba tofu en la tienda de la esquina, que también abría los días festivos. Mientras me contaba todo eso, preparaba ilusionada el tofu hervido para mí.

—¡Delicioso! —dije.

—Siempre te ha gustado el tofu hervido —me recordó mi madre, conmovida.

—A mí nunca me queda tan rico.

—Será porque utilizas un tofu distinto. Este tofu no lo encontrarás en una tienda cualquiera.

Mi madre y yo nos quedamos calladas. Yo cortaba el tofu en silencio y lo mojaba en la salsa de soja con sake. Comía sin hablar. Ninguna de las dos decía nada. Quizá porque no teníamos nada que decirnos, aunque podríamos haber hablado de un sinfín de cosas. Pero no sabíamos de qué hablar. Aunque estábamos muy unidas, o precisamente debido a ello, no sabía qué decirle. Tenía el presentimiento de que si intentaba forzar la conversación, caería por un abismo abierto bajo mis pies. De haberlo oído, el maestro me habría dicho algo como: «Así me sentiría yo si me encontrara con mi esposa, que me abandonó muchos años atrás. Pero uno no se siente así por el simple hecho de visitar a la familia que vive en la misma ciudad. ¡Qué exagerada eres, Tsukiko!».

Mi madre y yo teníamos caracteres parecidos. El maestro podía opinar lo que quisiera, pero lo cierto es que en ese momento éramos incapaces de mantener una conversación. Esperamos en silencio el regreso de mi hermano y su familia, evitando que nuestras miradas se cruzaran. El pálido sol de aquella tarde invernal se filtraba por el corredor exterior e inundaba la estancia hasta acariciar el pie del brasero. Cuando terminé de comer, llevé la olla de barro, los platos y los palillos a la cocina. Mi madre empezó a lavar los cacharros en el fregadero.

—¿Quieres que seque los platos? —le pregunté. Ella asintió. Levantó la cabeza y sonrió torpemente. Le devolví la sonrisa con idéntica torpeza. Fregamos los platos codo con codo, sin dirigirnos la palabra.

Desde que regresé a mi casa el día 4 de enero hasta que volví al trabajo el día 6, no hice nada más que dormir. Era un sueño distinto al de cuando dormía en casa de mi familia. Soñaba mucho más.

Trabajé dos días y llegó el fin de semana. Como no tenía sueño me dediqué a holgazanear tumbada en el futón. Lo único que estaba al alcance de mi mano era un termo lleno de té, un libro y unas cuantas revistas. Hojeé una revista mientras me tomaba una taza de té. También comí un par de mandarinas. El futón conservaba la calidez de mi cuerpo. Pronto me adormecí. Me desperté al poco rato y retomé la lectura de la revista. De ese modo, me olvidé de comer.

Así pasé todo el día, tumbada en el futón, presionando con un pañuelo de papel la herida sangrante de la planta del pie y esperando a que se me pasara el mareo. Los ojos me hacían chiribitas, como si estuviera frente a un televisor estropeado. Estaba tumbada boca arriba, con una mano en el pecho. Los latidos de mi corazón iban un poco descompasados con respecto a las palpitaciones de la herida sangrante.

El fluorescente de la cocina se había roto cuando empezaba a anochecer. Me encontraba tan mal, que no podía distinguir si todavía quedaba luz en el exterior o si ya había oscurecido por completo.

Cerca del futón había una cesta llena de manzanas que exhalaban un dulce aroma. Con el frío del invierno, el olor era más intenso que nunca. Me descubrí pensando que yo suelo pelar las manzanas después de haberlas cortado en cuatro trozos. En cambio mi madre las pela enteras, con un cuchillo de cocina. Recordé que, hace tiempo, pelé una manzana para el chico que antes era mi novio. Cocinar nunca ha sido mi especialidad. Aunque se me hubiera dado bien, no era partidaria de cocinar para que él se llevara la comida al trabajo, ni de ir a su casa a preparársela, ni de invitarlo a cenar un menú casero. Si empezaba a hacer tales cosas, me habría metido en un callejón sin salida, y tampoco quería que él se sintiera acorralado. Quizá la rutina del compromiso no fuera tan mala, pero me costaba mucho imaginármela.

Cuando pelé aquella manzana, mi novio se quedó estupefacto.

—Pero ¡si sabes pelar manzanas! —exclamó.

—Es lo más fácil del mundo. ¿Por qué te sorprende?

Al poco tiempo de haber mantenido aquella conversación, empezamos a distanciarnos. Ninguno de los dos sacó el tema de forma explícita, pero dejé de llamarle. No es que ya no me gustara. Los días pasaban sin vernos y apenas me daba cuenta.

—No tienes corazón —me dijo una amiga—. Tu novio me ha llamado un montón de veces para pedirme consejo. Quiere saber qué sientes exactamente por él. ¿Por qué no le llamas? Te está esperando.

Me miró fijamente y yo le devolví la mirada sin entender por qué el chico no había compartido sus dudas conmigo en vez de llamar a una tercera persona. Me quedé boquiabierta y le dije a mi amiga que no entendía nada. Ella suspiró profundamente.

—Es normal que un joven enamorado se sienta inseguro. Supongo que a ti te pasa lo mismo —me reprendió.

Una cosa no tenía nada que ver con la otra. Son las personas implicadas en la relación quienes deben enfrentarse a sus propias dudas. No tenía ningún sentido involucrar a una tercera persona, en ese caso mi amiga, para que actuara como intermediaria. Le pedí perdón por las molestias y le dije que mi novio no había actuado de forma adecuada. Ella volvió a suspirar profundamente y me dijo:

—¿Qué significa para ti actuar de forma adecuada?

Mi novio y yo llevábamos tres meses sin vernos. Mi amiga intentó por todos los medios hacerme entrar en razón, pero sus opiniones me traían sin cuidado. Estaba convencida de que el amor y yo no estábamos hechos el uno para el otro. Si tan caprichoso era el amor, no quería tener nada que ver con él.

Al cabo de medio año, mi amiga se casó con el chico que había sido mi novio.

Por fin se me pasó el mareo y pude abrir los ojos. La habitación estaba a oscuras, pero la bombilla estaba intacta. El problema era que todavía no había encendido la luz. Fuera ya era de noche. Me estremecí al imaginar el frío de la calle al otro lado de la ventana. Tras la puesta del sol, la temperatura caía en picado. Recordé varias escenas de mi pasado mientras holgazaneaba en el futón. La herida del pie ya casi no sangraba. La cubrí con una tirita grande, me puse los calcetines y unas zapatillas y limpié el suelo de la cocina.

La luz de la bombilla de la habitación arrancaba débiles destellos a los fragmentos de cristal. En realidad, mi exnovio me gustaba mucho. Me arrepentía de no haberle llamado antes de que fuera tarde. Me había sentido tentada de hacerlo, pero me daba miedo que reaccionara con frialdad y acabé desistiendo. No sabía que él también se sentía como yo. Cuando me enteré, ya había enterrado mis sentimientos hacia él en lo más profundo de mi corazón.

Fui a la boda de mi amiga y mi exnovio. Alguien pronunció un discurso sobre el destino, que había jugado un papel muy importante en aquella relación.

El destino. Mientras escuchaba el discurso desde el banco, observando a los novios, pensaba que el destino nunca se portaría tan bien conmigo.

Cogí una manzana del cesto. Intenté pelarla entera, como hacía mi madre, pero la piel se rompió a medias. De repente, los ojos se me inundaron de lágrimas.

Ya no eran solo las cebollas lo que me irritaba los ojos, ahora también lloraba pelando manzanas. Me la comí sin dejar de llorar. Entre mordisco y mordisco, oía el goteo de las lágrimas que se estrellaban contra el fregadero de acero. Mi mayor actividad del día fue quedarme de pie frente al fregadero, comiendo y llorando a la vez.

Me puse un viejo abrigo grueso y salí de casa. El abrigo desprendía una pelusa de color verde oscuro, pero abrigaba mucho. Cuando he llorado siempre tengo frío. Después de comerme la manzana entré en la habitación y estuve tiritando hasta que me cansé. Me vestí con un jersey rojo holgado que también tenía unos cuantos años y un pantalón de lana marrón. Me cambié los calcetines por otros más gruesos, me enfundé unos guantes, me calcé unas zapatillas de deporte de suela gruesa y salí a la calle.

Las tres estrellas de la constelación de Orión brillaban en el cielo. Eché a andar en línea recta, a paso ligero. Durante el paseo entré en calor. Un perro me ladró desde algún lugar y estuve a punto de romper a llorar otra vez. Estaba cerca de cumplir los cuarenta, pero me comportaba como una niña. Caminaba como los niños, balanceando los brazos de forma exagerada, dando puntapiés a las latas vacías que encontraba en medio de la calle y arrancando los hierbajos que crecían en el margen de la acera. Me crucé con unas cuantas bicicletas que venían de la estación. Estuve a punto de chocar con una que no llevaba la luz encendida, y me sentí furiosa. Las lágrimas volvieron a nublarme la vista. Tenía ganas de sentarme y llorar en silencio, pero como hacía mucho frío seguí caminando.

Había retrocedido en el tiempo y volvía a ser una niña. Llegué a la parada del autobús y estuve diez minutos esperando, hasta que comprobé el horario y me di cuenta de que el último ya había pasado. Me sentí aún más desamparada. Empecé a golpear el suelo con los pies, pero no conseguí entrar en calor. Un adulto sabría qué hacer para no pasar frío, pero los niños como yo no teníamos ni idea.

Seguí andando hacia la estación. Era el camino de siempre, pero me parecía completamente distinto. Había vuelto a mi infancia. Era como una niña que se entretiene de camino a casa hasta que empieza a oscurecer y cuando decide volver las calles no parecen las mismas.

—Maestro —murmuré—. Maestro, no sé volver a casa.

Pero el maestro no estaba allí. Al preguntarme dónde estaría aquella noche, me di cuenta de que nunca habíamos hablado por teléfono. Nos encontrábamos por casualidad, paseábamos juntos por casualidad y bebíamos sake por casualidad. Cuando le hacía una visita en su casa, me presentaba sin previo aviso. A veces estábamos un mes entero sin vernos. Antes, si mi novio y yo no nos llamábamos ni nos veíamos durante un mes, empezaba a preocuparme. ¿Y si hubiera desaparecido como por arte de magia? ¿Y si se hubiera convertido en un completo desconocido?

Pero el maestro y yo no éramos novios, así que no nos veíamos a menudo. Pero aunque no coincidiéramos, el maestro nunca estaba lejos de mí. Él nunca sería un desconocido, y estaba segura de que aquella noche se hallaba en algún lugar.

La soledad se adueñaba de mí por momentos, así que decidí cantar. Empecé cantando *Qué bonito es el río Sumida en primavera*, pero no era una canción muy adecuada para la época del año, así que la dejé a medias. Intenté recordar una canción invernal, pero no se me ocurrió ninguna. Al final me acordé de una canción para ir a esquiar titulada *Las montañas plateadas brillan bajo el sol de la mañana*. No reflejaba en absoluto mi estado de ánimo, pero era la única canción de invierno que se me ocurrió, así que empecé a cantarla.

—«No sé si es nieve o niebla lo que vuela, ¡oh! Mi cuerpo también corre veloz».

Tenía la letra de la canción grabada en la memoria. Recordaba incluso la segunda estrofa. Hasta yo me quedé sorprendida al acordarme de una frase que decía: «¡Oh! Nos divertimos saltando con gran habilidad». Un poco más animada, entoné la tercera estrofa, hasta que me quedé atascada en la última parte. Canté hasta «El cielo es azul, la tierra blanca», pero no conseguía recordar los últimos cuatro compases.

Me detuve bruscamente en la oscuridad y me puse a pensar. La gente que venía de la estación pasaba por mi lado, tratando de esquivarme. Cuando empecé a tararear la tercera estrofa en voz alta, los transeúntes que venían en dirección contraria daban un amplio rodeo cuando llegaban a mi altura.

Incapaz de recordar la letra, sentí ganas de llorar de nuevo. Mis piernas se movían solas y las lágrimas me rodaban por las mejillas en contra de mi voluntad. Alguien pronunció mi nombre, pero no me volví. Pensé que habría sido una alucinación auditiva. Era imposible que el maestro estuviera allí en ese preciso instante.

—¡Tsukiko! —me llamó alguien por segunda vez.

Cuando giré la cabeza, ahí estaba el maestro. Llevaba una chaqueta ligera que parecía abrigar y su inseparable maletín en la mano. Estaba de pie, tieso como de costumbre.

—¡Maestro! ¿Qué está haciendo aquí?

—He salido a dar un paseo. Hoy hace una noche espléndida.

Me pellizqué el dorso de la mano para asegurarme de que aquello no era un producto de mi imaginación, y me dolió. Por primera vez en mi vida, constaté que el truco de pellizcarse para comprobar que uno no estaba soñando funcionaba de verdad.

—Maestro —lo llamé en voz baja, todavía sin acercarme.

—Tsukiko —respondió él. Solo pronunció mi nombre.

Nos quedamos de pie en la calle oscura, mirándonos. Temía que las lágrimas me traicionaran de nuevo, pero no tuve ganas de llorar. Me sentí más tranquila. ¿Qué habría pensado el maestro si me hubiera echado a llorar?

—Tsukiko, la última parte es: «¡Oh!, las colinas nos reciben» —dijo el maestro.

—¿Cómo?

—La última frase de la canción. Antes iba a esquiar de vez en cuando.

Nos encaminamos hacia la estación.

—Satoru ha cerrado por vacaciones —le anuncié. Él asintió sin mirarme.

—No nos vendrá mal un cambio de taberna. ¿Qué te parece si tomamos juntos la primera copa del año, Tsukiko? Por cierto, feliz año nuevo.

Entramos en un bar cercano a la taberna de Satoru que tenía un farolillo rojo en la entrada y nos sentamos sin quitarnos los abrigos. Pedimos cerveza de barril. Yo me tomé la mía de un trago.

—Me recuerdas a algo, Tsukiko —me dijo el maestro, que también había apurado su vaso de un trago—. Pero no sabría decir a qué.

Pedimos tofu hervido y una ración de pescado asado con salsa de soja.

—¡Ya lo tengo! Me recuerdas a la Navidad —vociferó—. Con ese abrigo verde, el jersey rojo y el pantalón marrón, pareces un árbol de Navidad.

—De todos modos, la Navidad ya pertenece al año pasado —le respondí.

—¿Has pasado las fiestas con tu novio, Tsukiko? —me preguntó.

—No.

—¿No tienes novio?

—Claro que sí. He estado cada día con un novio diferente.

—Ya veo.

Pronto abandonamos la cerveza y pedimos sake. Cogí la botella y llené el vaso del maestro. El sake caliente me hizo entrar en calor, y los ojos se me inundaron de lágrimas otra vez. Pero aguanté. Beber sake era mucho más agradable que llorar.

—Le deseo un feliz año nuevo lleno de salud y felicidad, maestro —dije de un tirón. Él se echó a reír.

—Bien dicho, Tsukiko. Veo que eres fiel a las buenas costumbres —observó, y alargó la mano para acariciarme la cabeza. Mientras el maestro me pasaba la mano por el pelo, yo bebía a pequeños sorbos.

Almas

Un día, de repente, me encontré al maestro en la calle.

Había estado holgazaneando en la cama hasta muy tarde. Había tenido un mes muy ajetreado en el trabajo y llevaba muchos días saliendo de la oficina a las doce de la noche. Cuando llegaba a casa ni siquiera me apetecía bañarme. Me lavaba la cara y me quedaba dormida en el acto. Además, tuve que ir a la oficina casi todos los fines de semana. Como apenas tenía tiempo para comer, estaba pálida y demacrada. Yo soy una sibarita, y cuando no puedo disfrutar de la comida durante una temporada me voy consumiendo poco a poco. La expresión de mi rostro era cada vez más lúgubre.

El viernes, por fin, el nivel de estrés disminuyó un poco y pude levantarme tarde el sábado por la mañana. Tras haber recuperado las horas de sueño perdidas, me levanté, llené la bañera de agua caliente y entré con una revista en la mano. Me lavé el pelo y me sumergí varias veces en el agua perfumada, hasta que hube leído media revista. De vez en cuando, salía de la bañera para refrescarme. Así pasé unas dos horas.

Luego, vacié y limpié la bañera, me enrollé una toalla alrededor del pelo y salí del baño desnuda y sin complejos. Por un momento me alegré de vivir sola. Abrí la nevera, cogí una botella de agua con gas, vertí la mitad en un vaso y bebí ávidamente. Cuando era joven no me gustaban las bebidas gaseosas. A los veinte años viajé a Francia con una amiga. Un día, entramos en una cafetería muertas de sed y pedimos agua, pero nos trajeron agua con gas. Bebí un largo trago para calmar la sed y estuve a punto de escupir. Estaba sedienta y tenía una botella de agua delante de mis narices, pero dentro de la botella la carbonación revelaba su presencia en forma de pequeñas burbujas. Me apetecía beber, pero mi garganta no lo habría soportado. Como no sabía francés, no podía pedirle al camarero que me trajera agua sin gas, así que mi amiga acabó compartiendo conmigo la limonada que había pedido. Era muy dulzona, y a mí no me gustaban las cosas dulces. En aquella época todavía no me había acostumbrado a beber cerveza para calmar la sed.

Las bebidas gaseosas empezaron a gustarme a partir de los treinta y tantos años. Fue entonces cuando empecé a tomar whisky con gaseosa y aguardiente con tónica. En mi nevera nunca faltaba una botellita verde de gaseosa Wilkinson. También tenía en la despensa unas cuantas botellas de Ginger Ale de Wilkinson, por si venía a verme alguien que no tomaba alcohol. No tengo marcas favoritas en cuanto a ropa, comida y otros utensilios, pero la gaseosa tiene que ser Wilkinson. Uno de los motivos principales es que la bodega que hay a dos minutos de mi casa solo vende esa marca de gaseosa. Puede parecer un motivo casual, pero si ahora me mudara y no tuviera cerca de casa ninguna bodega que distribuyera la marca Wilkinson, mis reservas de gaseosa empezarían a menguar. Mi obsesión no tiene límites.

Cuando estoy sola tengo la costumbre de pensar en un sinfín de cosas, desde la marca Wilkinson hasta el viaje a Europa que hice mucho tiempo atrás. Mi cabeza se llena de burbujas en expansión, como si fuera una botella de agua con gas. Desnuda, me coloqué frente al espejo de cuerpo entero y mi mente empezó a divagar. Hablaba conmigo misma como si tuviera alguien a mi lado. Ensimismada en mis pensamientos, apenas prestaba atención a mi cuerpo desnudo, que ya empezaba a notar los efectos de la gravedad. No hablaba con mi yo visible, sino con mi otro yo, una presencia invisible que flotaba en la habitación.

Permanecí en casa hasta el anochecer, hojeando un libro para distraerme. En un momento dado se me cerraron los ojos y me quedé dormida. Cuando me desperté al cabo de media hora y corrí las cortinas, ya estaba oscureciendo. Según el calendario ya había empezado la primavera, pero los días todavía eran cortos. Yo prefiero los días próximos al solsticio de invierno, cuando la oscuridad persigue la luz diurna y le gana la carrera. Si sé de antemano que pronto oscurecerá, la melancolía del crepúsculo no me afecta tanto. Esta época en que los días empiezan a alargarse y nunca acaba de oscurecer del todo me saca de quicio. Cuando me doy cuenta de que ya es noche cerrada, la soledad me invade.

Salí a la calle. Quería comprobar que no estaba sola en el mundo y que no era la única que se sentía angustiada. Pero era imposible saber cómo se sentía la gente que pasaba por la calle. Cuanto más lo intentaba, más difícil me parecía.

Entonces fue cuando me encontré al maestro.

—Me duele el trasero, Tsukiko —me espetó a bocajarro nada más verme. Lo miré perpleja, pero su rostro no traslucía dolor. Parecía tan tranquilo como siempre.

—¿Qué le ha pasado en el trasero? —le pregunté. Él frunció el ceño.

—Una jovencita como tú no debería usar ese vocabulario.

Antes de que pudiera preguntarle si conocía otra palabra más formal para referirse a esa parte del cuerpo, me dijo:

—Deberías haber usado otra expresión, como «posaderas», «asentaderas» o «nalgas». El vocabulario de los jóvenes de hoy en día es cada vez más pobre —se lamentó. Yo me limité a reír sin responder, y él también rio.

—¿Por qué no vamos a la taberna de Satoru esta noche? —le propuse. El maestro negó con la cabeza, apesadumbrado.

—Si Satoru se da cuenta de que estoy dolorido, se preocupará por mí. No sería muy considerado de mi parte pasarlo bien mientras los demás sufren por mi salud.

Decidimos dejar el sake para otro día.

—De todos modos, hay una expresión que dice que «aun el encuentro más casual es karma».

—¿Quiere decir que nuestro encuentro ha sido cosa del destino? —sugerí.

—¿Sabes qué es el karma, Tsukiko? —me preguntó.

—¿Una especie de destino que te une a otra persona? —aventuré, tras reflexionar detenidamente. El maestro sacudió la cabeza con expresión de disgusto.

—No tiene nada que ver con el destino, sino con la reencarnación.

—Ya —respondí—. Es que nunca se me han dado bien los refranes.

—Será porque no dedicabas suficiente tiempo a estudiar —me espetó el maestro—. «Karma» es un término budista. Es la energía que todos nos llevamos de nuestras vidas anteriores y que condiciona nuestras vidas futuras.

Entramos en el bar cercano a la taberna de Satoru, donde tenían cocido japonés. Observé al maestro y me di cuenta de que caminaba un poco encorvado. No sabía hasta qué punto le dolían las posaderas o asentaderas. Su expresión era hermética.

—Un sake caliente, por favor —pidió. Yo pedí una cerveza. Al poco rato nos trajeron una botella de sake, una cerveza mediana, un vaso y una jarra. Cada uno se sirvió su propia bebida y bebimos.

—El karma es una conexión con nuestra vida anterior.

—¡Ya lo entiendo! —exclamé en voz alta—. Usted y yo ya estábamos unidos en nuestras vidas anteriores, ¿verdad, maestro?

—Supongo que todo el mundo lo está de alguna forma —respondió tranquilamente. Cogió la botella y se sirvió con delicadeza. A nuestro lado, en la barra, había un chico joven que no nos quitaba la vista de encima. Supongo que mi tono de voz demasiado elevado le había llamado la atención. Llevaba tres pendientes en la oreja. Dos de ellos eran piedrecitas doradas, mientras que en el agujero inferior llevaba un pendiente brillante que oscilaba.

—¿Usted cree en la reencarnación, maestro? —le pregunté, y me volví hacia el tabernero para pedirle otro sake caliente. Nuestro vecino de barra era todo oídos.

—Un poco.

No esperaba aquella respuesta. Estaba convencida de que me devolvería la pregunta en vez de responderme, como era habitual en él.

—¿En la reencarnación o en el destino?

—Un cocido con nabo y albóndigas de pescado, por favor —pidió el maestro.

—Otro con pasta de pescado, fideos de *konjac* y nabo —añadí yo, para no parecer menos. El chico joven pidió un cocido de algas con tarta de pescado. Aparcamos momentáneamente la conversación sobre el destino y la reencarnación y nos concentramos en nuestros respectivos platos. El maestro, un poco encorvado, troceaba el nabo con los palillos y se lo llevaba a la boca. Yo mordía el nabo entero, inclinada encima de la barra.

—Tanto el sake como el cocido están deliciosos —observé, y el maestro me acarició el pelo. Últimamente aprovechaba la menor oportunidad para hacerlo.

—No hay mayor placer que ver a alguien disfrutando de la comida —dijo, sin apartar la mano de mi cabeza.

—¿Quiere pedir algo más, maestro?

—No estaría mal.

Pedimos un par de platos más. Nuestro vecino de barra estaba rojo como un pimiento. Frente a él había tres botellas de sake vacías y un vaso con restos de cerveza. Estaba tan borracho que casi podía notar su aliento cargado de alcohol.

—¿Qué clase de gente sois? —nos preguntó el hombre bruscamente. Aún no había tocado la comida de su plato. Mientras cogía la cuarta botella de sake y vertía el contenido en el vaso, nos dirigió una vaharada de alcohol. Los pendientes que llevaba en la oreja centellearon.

—¿A qué se refiere? —inquirió el maestro a la vez que llenaba su propio vaso.

—Pues a eso. Parecéis gente bien —aclaró el chico riendo. Su risa era una extraña mezcla de varias cosas. Sonaba como si de pequeño se hubiera tragado una rana por error y desde entonces fuera incapaz de reír a carcajadas.

—¿Gente bien? —repitió el maestro, en un tono algo más serio.

—Los que tienen pasta siempre ligan, aunque se lleven treinta o cuarenta años.

El maestro asintió con un movimiento brusco de cabeza y le dirigió al muchacho una mirada fulminante, que le cayó encima como un bofetón. No despegó los labios, pero yo sabía lo que estaba pensando: «Yo no hablo con tipos como tú». El chico también lo notó.

—¡Menuda marcha tiene el abuelete!

Aunque intuía que el maestro no estaba dispuesto a hablar con él, o quizá precisamente por eso, el chico siguió hurgando en la llaga.

—¿Qué tal lo hace el viejo? —me preguntó, en un tono de voz demasiado alto. Observé al maestro por el rabillo del ojo, pero no era hombre que se escandalizara con insinuaciones de esa clase.

—¿Cuántas veces al mes os lo montáis?

—Ya basta, Yasuda —intentó detenerlo el dueño del local. Pero el joven estaba más borracho de lo que parecía. Su cuerpo se balanceaba como un tentetieso. Si hubiera estado sentado a mi lado, le habría propinado un buen guantazo.

—¡Cállate! —le espetó al camarero, e intentó tirarle a la cara el contenido de su vaso. Pero iba tan borracho que le falló la puntería y derramó casi todo el sake en su propio regazo—. ¡Idiota! —insultó al camarero. Aceptó la toalla que este le ofrecía e intentó secarse el pantalón, aunque solo consiguió extender aún más la mancha de sake. Entonces se dejó caer de bruces encima de la barra y empezó a roncar sin más preámbulos.

—Yasuda está pasando por una mala época —se disculpó el tabernero, con gesto compungido.

—Ya —le respondí vagamente. El maestro, que no parecía alterado en absoluto, se limitó a pedir otra botella de sake caliente.

—Lo siento, Tsukiko.

El joven seguía roncando encima de la barra. El camarero lo sacudió varias veces, pero no había forma de despertarlo.

—Lo echaré de aquí tan pronto se despierte —nos aseguró, y se dirigió hacia las mesas para tomar nota de los pedidos.

—Lamento que hayas tenido que presenciar una escena tan desagradable.

Quise decirle que no se preocupara, pero no me salían las palabras. Estaba furiosa. No conmigo misma sino con el maestro, porque me pedía perdón sin haber hecho nada malo.

—¿Por qué no se larga de una vez? —musité señalando con la barbilla al joven, que no se había movido ni un milímetro. Sus ronquidos eran cada vez más estruendosos.

—¿Has visto cómo brillan? —me preguntó el maestro. Le pregunté a qué se refería y me señaló con una sonrisa los pendientes del chico.

—Tiene razón, brillan mucho —le respondí, un poco más tranquila. A veces no entendía las reacciones del maestro. Pedí otra botella de sake caliente y bebí un largo trago. El maestro seguía riendo con disimulo. ¿Qué le haría tanta gracia? Un poco mosqueada, fui al servicio y alivié la vejiga. Quizá fue eso lo que me tranquilizó. El caso es que, cuando volví a ocupar mi taburete al lado del maestro, me sentía mucho mejor.

—¡Mira lo que tengo, Tsukiko!

El maestro me mostró su puño cerrado y lo abrió poco a poco. En la palma de la mano tenía un objeto brillante.

—¿Qué es eso?

—Lo que llevaba en la oreja.

El maestro miró al borracho que roncaba en la barra. Seguí el recorrido de su mirada y observé que el pendiente inferior, el más brillante, había desaparecido. Todavía conservaba las dos piedrecitas doradas, pero en la punta del lóbulo no había nada, solo un agujero bastante grande.

—¿Se lo ha quitado usted, maestro?

—Se lo he robado —admitió, orgulloso como un niño que se siente importante porque acaba de hacer una travesura.

—No debería haberlo hecho —le reproché, pero él sacudió la cabeza.

—Hyakken Uchida escribió un cuento sobre eso —dijo, y me relató una breve historia titulada «El ratero aficionado».

Trata de un hombre que lleva una cadena de oro alrededor del cuello. Se emborracha, pierde los modales y empieza a comportarse como un grosero. Es tan impertinente que no merece llevar una cadena tan bonita. Entonces el protagonista del cuento se la roba sin ninguna dificultad. Se supone que el ladrón también ha bebido más de la cuenta, por eso no le resulta difícil quitarle la cadena de oro al otro borracho.

—Hasta aquí el relato —concluyó el maestro—. Hyakken era un gran escritor.

Tenía la misma expresión inocente que en clase.

—Y por eso le ha quitado el pendiente, ¿no es así? —le pregunté. Él asintió enérgicamente.

—En realidad, me he limitado a imitar a Hyakken.

Creía que el maestro me preguntaría si conocía a Hyakken Uchida, pero no lo hizo. El nombre me resultaba vagamente familiar, pero no conocía su obra. Aquella historia no tenía pies ni cabeza. La embriaguez no puede justificar un robo. Aun así llegué a entender la lógica del autor, quizá porque su forma de razonar se parecía mucho a la del maestro.

—Oye, Tsukiko. Cuando le he robado el pendiente, mi intención no era darle un escarmiento. Lo he hecho para quedarme satisfecho y sentirme mejor. No quiero que me malinterpretes.

—No lo haré —le aseguré, y bebí un largo trago de sake. Pedimos una botella más cada uno, pagamos por separado como siempre y salimos del bar.

Una luna casi llena resplandecía en el cielo.

—Maestro. ¿Se siente solo a veces? —le pregunté de sopetón. Caminábamos con la vista fija al frente.

—Cuando me hice daño en el trasero me sentí muy solo —confesó sin desviar la mirada.

—Por cierto, ¿qué le pasó en el trasero? Quiero decir, en las posaderas.

—Tropecé cuando me estaba poniendo los pantalones y me caí. Me di un fuerte golpe en la rabadilla.

No pude contener la risa. Él también rio.

—Me sentí más solo que nunca. El dolor físico te hace sentir muy desamparado.

—¿Le gustan las bebidas con gas, maestro? —le pregunté.

—No entiendo a qué viene esa pregunta, pero si te interesa saberlo, siempre me ha gustado la gaseosa que fabrica la marca Wilkinson.

—¿De veras? Qué curioso —comenté sin ni siquiera girar la cabeza.

La luna estaba en lo alto del cielo, parcialmente cubierta por la neblina. Todavía faltaba mucho para la primavera, pero cuando salimos del bar tuve la sensación de que estaba un poco más cerca que antes.

—¿Qué piensa hacer con ese pendiente? —quise saber. El maestro reflexionó brevemente.

—Lo guardaré en el armario y lo sacaré de vez en cuando para recordar lo mucho que he disfrutado robándolo —respondió al fin.

—¿En el mismo armario donde guarda las teteras de barro? —le pregunté. Él asintió con expresión solemne.

—Sí, lo guardaré en mi propio baúl de los recuerdos.

—¿Por qué quiere recordar una noche como la de hoy?

—Porque llevaba mucho tiempo sin robar nada.

—¿Cuándo aprendió a robar, maestro?

—En mi vida anterior —me respondió, sofocando una risita. Seguimos caminando despacio, embriagados por los efluvios primaverales que flotaban en el ambiente. La luna dorada brillaba en el cielo.

Cerezos en flor
PRIMERA PARTE

—He recibido una invitación de la señorita Ishino —anunció el maestro. Aquella noticia me inquietó un poco.

La señorita Ishino era la profesora de arte del instituto. Cuando yo estudiaba era una mujer treintañera. Tenía el pelo negro y poblado, y siempre lo llevaba recogido. La recuerdo cruzando los pasillos con su bata de trabajo. Era una mujer delgada que rebosaba energía. Gozaba de gran popularidad entre los alumnos de ambos sexos. Cuando terminaban las clases, una multitud de alumnos de lo más extravagante se agolpaba frente a la puerta del aula del club de arte. La señorita Ishino estaba dentro. Cuando les llegaba el inconfundible aroma del café, los miembros del club llamaban a la puerta.

—¿Qué queréis? —preguntaba la señorita Ishino con su voz ronca.

—¿Nos invita a tomar café, profesora? —le pedían los alumnos, gritando todos a la vez desde el otro lado de la puerta.

—Adelante —respondía ella, y les abría la puerta. Los alumnos se servían de un termo de café. El presidente del club, el vicepresidente y algunos alumnos de tercero eran los únicos que tenían el honor de compartir el café con la profesora. Los alumnos más pequeños todavía no podían gozar de ese privilegio. La señorita Ishino aparecía sujetando entre las manos una taza de la famosa cerámica Mashiko que un alfarero amigo suyo le había dejado cocer en su horno. Tomaba café con los alumnos y luego supervisaba sus trabajos. Entonces, se sentaba de nuevo en su silla y acababa el café que le quedaba. Los alumnos le traían sobres de azúcar y cartoncitos de leche, pero ella siempre tomaba el café solo.

Una de mis compañeras de clase admiraba a la señorita Ishino hasta el punto de considerarla un ejemplo a seguir. Intrigada, asistí un par de veces con ella a las sesiones del club de arte. El ambiente era cordial, y me sentí bienvenida aunque no pertenecía al club. En el aula reinaba una cálida atmósfera que olía a disolvente y a tabaco.

—¿No te parece una mujer estupenda? —me preguntó mi amiga. Yo asentí, pero en realidad detestaba aquella taza de cerámica Mashiko. El aspecto de la señorita Ishino no me resultaba desagradable. Tampoco tengo nada en contra de la cerámica Mashiko original, pero lo que no podía soportar era aquella taza hecha a mano.

La señorita Ishino solo me dio clase de arte en primero. Recuerdo que moldeábamos figuritas de escayola, dibujábamos a carboncillo y pintábamos con acuarelas. No solía sacar buenas notas. La señorita Ishino se casó con el profesor de ciencias sociales del instituto. Ahora debía de tener unos cincuenta años.

—Me ha invitado a un pícnic de primavera al aire libre —dijo el maestro tras una breve pausa.

—Ajá —le respondí—, así que un pícnic.

—Lo organiza todos los años. Comemos frente al instituto, en un terraplén, unos días antes del comienzo de las clases. ¿Te apetece acompañarme, Tsukiko? —propuso el maestro.

—Claro —le respondí sin el menor entusiasmo—. Me encantan las fiestas de primavera.

El maestro, sin embargo, estaba absorto contemplando la invitación y no pareció darse cuenta de mi tono de voz.

—La señorita Ishino siempre ha tenido una caligrafía preciosa —observó. Abrió con delicadeza el cierre de su maletín y guardó la invitación en uno de los bolsillos interiores. Cerró el maletín con idéntico cuidado, bajo mi atenta mirada.

—La fiesta será el día siete de abril. No lo olvides —me recordó cuando nos despedimos en la parada del autobús.

—Intentaré acordarme —le prometí, como si le estuviera asegurando que haría los deberes. Le respondí a regañadientes, en un tono triste e infantil.

A pesar de que había oído el nombre del maestro varias veces, nunca me acostumbraría a llamarlo «profesor Matsumoto». Pero oficialmente era el profesor Harutsuna Matsumoto. Entre ellos los maestros se tratan de «profesor». Profesor Matsumoto, profesor Kyogoku, profesor Honda, profesor Nishigawa, profesora Ishino, y así sucesivamente.

No tenía la menor intención de ir a ese pícnic de primavera. Pensaba justificar mi ausencia con la excusa de que tenía mucho trabajo. Pero el día de la fiesta, el maestro hizo una excepción y vino a buscarme. Apareció frente a mi casa, con su inseparable maletín en la mano y una chaqueta de primavera.

—¿Has cogido la esterilla, Tsukiko? —me preguntó desde el portal. No hizo ademán de subir hasta el primer piso y entrar en mi casa. Cuando vi al maestro esperándome, confiado y sonriente, no fui capaz de inventarme ninguna excusa. Resignada, embutí una rígida esterilla de plástico en una bolsa, me vestí a toda prisa con lo primero que encontré entre un montón de ropa desordenada, me calcé las zapatillas de deporte, que no había lavado desde el día de la excursión al bosque, y me precipité escaleras abajo.

El terraplén estaba abarrotado. Había profesores de mediana edad, viejos maestros jubilados y algunos exalumnos sentados en sus esterillas. En el suelo había varias botellas, latas de cerveza y comida que habían traído los invitados. El ambiente era festivo y la gente comía, bebía y se divertía en pequeños grupos diseminados a lo ancho de la explanada. El maestro y yo desenrollamos nuestras esterillas y saludamos a los invitados que teníamos alrededor. El terraplén era un hervidero de gente que desfilaba con su esterilla bajo el brazo, buscando un hueco donde instalarse. Los recién llegados se multiplicaban como brotes de una planta que florece en primavera.

Al cabo de un rato, una vieja maestra llamada Setsu se sentó entre el maestro y yo, y una tal Makita, una profesora joven, se acomodó entre nosotras. Al lado de la profesora Makita se sentaron los exalumnos Shibazaki, Onda y Utayama, y siguió apareciendo gente hasta que acabé perdiendo la cuenta y confundiendo todos los nombres.

El maestro estaba sentado junto a la señorita Ishino y bebía animadamente. En una mano sujetaba la brocheta de pollo con soja dulce que había comprado en una pollería del centro. Malhumorada, observé que en circunstancias normales el maestro solo comía brochetas saladas, pero aquel día se había adaptado sin ningún problema. Me quedé bebiendo sake a solas, un poco apartada del grupo.

Desde el terraplén, que quedaba un poco elevado, veía el patio del instituto bañado por la intensa luz del sol. El nuevo curso aún no había empezado y el instituto estaba en silencio. El edificio y el patio no habían cambiado desde mi época de estudiante. La única diferencia que pude apreciar fueron los cerezos plantados alrededor del patio, que habían crecido bastante.

—¿Sigues soltera, Omachi? —me preguntó alguien de repente. Levanté la cabeza. Un hombre de mediana edad se había sentado a mi lado. Sin dejar de mirarme, bebió un sorbo de sake de su vaso de plástico.

—Me he casado diecisiete veces y me he divorciado otras diecisiete, pero ahora estoy soltera —le respondí sin titubear. Su cara me sonaba, pero no sabía quién era. Tras un momento de vacilación, el hombre se echó a reír.

—¡Qué vida sentimental más ajetreada!

—Qué va.

Su rostro sonriente me recordaba vagamente a alguien del instituto. Al final caí en la cuenta de que habíamos sido compañeros de clase. Me acordé de él porque la expresión de su cara cambiaba por completo cuando reía. ¿Cómo se llamaba? Tenía su nombre en la punta de la lengua, pero no lograba acordarme.

—Pues yo solo me he casado y divorciado una vez —me explicó sin dejar de sonreír. Bebí un largo trago de sake. Dentro del vaso de plástico había un pétalo flotando.

—La vida no nos ha tratado muy bien.

Su sonrisa permanente irradiaba calidez. De repente me acordé de que se llamaba Takashi Kojima. Fuimos compañeros de clase en primero y segundo. Puesto que ambos éramos de los primeros de la lista, siempre nos asignaban pupitres cercanos.

—Perdona, ha sido una broma de mal gusto —me disculpé. Takashi Kojima aceptó mis disculpas sacudiendo la cabeza y volvió a sonreír.

—Siempre has sido muy sarcástica, Omachi.

—Sí.

—Eres capaz de decir auténticos disparates manteniendo la seriedad en todo momento.

Quizá tuviera razón. Yo nunca he sido de las personas que bromean y cuentan chistes. A la hora del recreo me sentaba tranquilamente en un rincón del patio y me limitaba a devolver los balones de fútbol extraviados que iban a parar a mis pies.

—¿Qué es de tu vida, Kojima?

—Trabajo en una empresa como asalariado. ¿Y tú, Omachi? ¿A qué te dedicas?

—Trabajo en una oficina.

—¿Ah, sí?

—Sí.

Soplaba una suave brisa. Las flores de los cerezos aún no habían empezado a caer, pero las ráfagas de viento ocasionales arrancaban alguna hoja de vez en cuando.

—Estuve casado con Ayuko —me anunció de repente Takashi, rompiendo el silencio.

—¡No me digas!

Ayuko era la chica a quien acompañé un par de veces al club de arte porque idolatraba a la señorita Ishino. En realidad, Ayuko se parecía un poco a ella. Era menuda y enérgica, pero en ocasiones dejaba traslucir una mentalidad conservadora. No lo hacía aposta, pero su faceta tradicionalista era como un imán que atraía a los chicos. Ayuko siempre recibía cartas de amor e invitaciones pero, que yo sepa, nunca se decidió por ningún chico. Corrían rumores de que quedaba con universitarios y chicos mayores que ella, pero cuando salíamos juntas del instituto y dábamos un paseo tomando un helado nunca tuve la menor sospecha de que Ayuko flirteara con chicos mayores.

—No tenía ni idea.

—Es que no lo sabe casi nadie.

Takashi me explicó que se casaron cuando estudiaban en la universidad y se divorciaron tres años más tarde.

—Os casasteis muy jóvenes.

—Es que Ayuko no quería vivir en pareja, tenía una obsesión con el matrimonio.

Como él tuvo que presentarse dos veces al examen de acceso a la universidad, Ayuko empezó a trabajar un año antes que él. Tuvo un romance con su jefe y, después de muchos problemas, decidieron divorciarse. Takashi me contó su historia con voz tranquila.

De hecho, una vez salí con Takashi Kojima. Fue en el instituto, durante el tercer trimestre de segundo curso. Fuimos a ver una película. Quedamos frente a la librería, dimos un paseo hasta el cine y entramos con unas entradas que llevaba Takashi.

—¿Qué te debo? —le pregunté.

—No te preocupes, mi hermano me ha regalado las entradas —me aseguró. Al día siguiente caí en la cuenta de que no tenía hermanos.

Cuando salimos del cine dimos un paseo por el parque e intercambiamos opiniones sobre la película. A él le habían encantado los efectos especiales, mientras que a mí me maravilló la colección de sombreros de la protagonista. Pasamos por delante de un puesto de *crêpes* y Takashi me preguntó:

—¿Quieres una?

—No —rechacé. Él se echó a reír.

—Menos mal, porque a mí tampoco me gusta lo dulce.

Acabamos comiendo un perrito caliente y unos fideos, con Coca-Cola.

Mucho más tarde, cuando nos graduamos, me enteré de que a Takashi sí que le gustaban las cosas dulces.

—¿Ayuko está bien? —le pregunté. Él movió la cabeza en señal de asentimiento.

—Se casó con su jefe y están viviendo en un dúplex construido con el sistema «dos por cuatro».

—¿Dos por cuatro? —repetí, extrañada.

—Es un sistema de construcción americano —me explicó. Sopló una fuerte ráfaga de viento y una lluvia de pétalos cayó encima de nosotros.

—¿Tú no estás casada, Omachi? —me preguntó Takashi Kojima.

—No. Es que no sé muy bien cómo funciona eso del dos por cuatro —repuse. Él soltó una carcajada. Apuramos nuestros vasos de sake, que estaban llenos de pétalos.

—¡Ven, Tsukiko! —me llamó el maestro. La señorita Ishino me indicó por señas que me acercara. El maestro parecía contento. Fingí que estaba enfrascada en una conversación con Takashi Kojima y que no oía sus gritos.

—Te están llamando, Omachi —me avisó Takashi. Respondí distraídamente y Takashi se sonrojó.

—El profesor Matsumoto no me cae muy bien —me confesó en un susurro—. ¿Y a ti?

—No me acuerdo mucho de él —dije. Takashi asintió.

—En clase siempre estabas distraída, como encerrada en ti misma.

Por enésima vez, el maestro y la señorita Ishino me invitaron por señas a unirme a ellos. En un momento dado me volví hacia ellos para apartarme la melena de la cara, que se me había despeinado con el viento, y mi mirada se cruzó con la del maestro.

—¡Ven con nosotros, Tsukiko! —vociferó. Era la voz del maestro que me dio clase en el instituto. No tenía nada que ver con el tono que utilizaba cuando íbamos a beber juntos. Le di la espalda con aire disgustado.

—La señorita Ishino me gustaba mucho —admitió Takashi, alborozado. Sus mejillas enrojecieron aún más que antes.

—Todo el mundo la quería —observé sin mucho entusiasmo.

—Ayuko estaba loca por la señorita Ishino, ¿verdad?

—Sí.

—Al final me contagió su admiración por ella.

Takashi era de los que se dejan influenciar fácilmente. Le serví un poco de sake. Él suspiró y bebió un pequeño sorbo.

—La señorita Ishino está tan guapa como de costumbre.

—Es cierto —afirmé sin convencimiento. Estaba haciendo un gran esfuerzo por esconder mis verdaderas opiniones.

—Parece mentira que ya tenga cincuenta años.

—Así es —corroboré, con idéntica indiferencia.

El maestro y la señorita Ishino charlaban alegremente. Estaba de espaldas a ellos y no podía verlos, pero supuse que seguirían hablando porque el maestro había dejado de llamarme a gritos. Empezaba a oscurecer. Se encendieron un par de linternas. La gente estaba cada vez más animada, y algunos cantaban.

—¿Vamos a tomar algo, Omachi? —propuso Takashi Kojima. A nuestro lado, unos exalumnos mayores que nosotros entonaron una canción patriótica: «Yo cazaba conejos en el bosque...».

—Pues no sé qué decir —le respondí en voz baja. Una de las mujeres que cantaba soltó un estridente gallo en la estrofa de «Yo pescaba peces en el río», de modo que Takashi no oyó mi respuesta y tuvo que acercarse un poco más a mí.

—Que no sé qué decir —repetí, levantando la voz. Takashi se apartó y se echó a reír.

—Veo que sigues siendo tan indecisa como siempre.

—¿Tú crees?

—Antes nunca sabías qué hacer, pero lo decías con una seguridad pasmosa. Eres una mujer decididamente indecisa —dijo Takashi, con evidente regocijo.

—Si quieres, vámonos —acepté, tras un momento de vacilación.

—Sí, vamos a tomar algo.

El sol ya se había puesto, y los exalumnos que teníamos al lado habían cantado las tres estrofas enteras de la canción patriótica. De vez en cuando me parecía oír las voces del maestro y de la señorita Ishino entre el barullo de la fiesta. El maestro hablaba en un tono de voz un poco más elevado que cuando estaba conmigo, mientras que la señorita Ishino tenía la misma voz ronca que yo recordaba. No sabía de qué estaban hablando, solo atrapaba al vuelo las últimas palabras de cada frase.

—Vamos —dije, y me levanté. Takashi se me quedó mirando mientras yo sacudía la esterilla y la enrollaba torpemente.

—Eres un poco torpe, ¿verdad, Omachi? —me preguntó.

—Efectivamente —confirmé. Takashi se echó a reír de nuevo. Su risa era cálida. Dirigí la mirada hacia el lugar donde se encontraba el maestro y escruté la oscuridad, pero no pude distinguir nada.

—Déjamelo a mí —dijo Takashi. Me quitó la esterilla de la mano y la enrolló cuidadosamente.

—¿Adónde vamos? —le pregunté mientras nos alejábamos del terraplén donde se celebraba la fiesta y bajábamos las escaleras que nos llevarían a la carretera.

Cerezos en flor
SEGUNDA PARTE

Takashi Kojima me llevó a un bar escondido en el sótano de un edificio.

—No sabía que hubiera un bar así tan cerca del instituto —observé. Takashi asintió.

—Cuando estudiaba no iba a lugares como este, naturalmente —aclaró con expresión seria. La mujer que estaba detrás de la barra rio al oír las palabras de Takashi. Llevaba el pelo suelto y se le intuían algunas canas. Vestía una camisa bien planchada y un delantal negro que solo le cubría el regazo.

—¿Cuántos años han pasado ya desde que apareciste aquí por primera vez, Kojima?

—Maeda, la dueña del bar —nos presentó Takashi Kojima. La mujer nos sirvió dos platos de judías crudas. Tenía una voz grave y aterciopelada.

—Ayuko y yo solíamos venir juntos.

—Ajá.

Aquello explicaba tanta familiaridad. Hice unos cálculos rápidos y deduje que Takashi llevaba unos veinte años frecuentando aquel bar.

—¿Tienes hambre, Omachi? —me preguntó.

—Un poco —le respondí.

—Yo también —dijo—. Aquí se come muy bien —añadió, aceptando la carta que le ofrecía Maeda.

—Pide tú —le dije. Takashi leyó la carta en silencio.

—Una tortilla de queso, una ensalada de lechuga y unas ostras ahumadas —pidió. Mientras pronunciaba los nombres de los platos, los repasaba con el dedo encima de la carta. Entonces descorchó con sumo cuidado la botella de vino tinto que Maeda acababa de traernos y llenó dos copas.

—Salud —dijo, levantando la suya.

—Salud —le respondí yo. Una fugaz imagen del maestro apareció en mi cabeza, pero la ahuyenté rápidamente. Las copas tintinearon al brindar. El vino tenía un buen cuerpo y desprendía un intenso aroma.

—Es un buen vino —observé. Takashi Kojima volvió la cabeza hacia Maeda.

—¿Lo has oído? —le preguntó. Maeda me hizo una pequeña reverencia agachando la cabeza.

—El honor es mío —le dije yo, y también me incliné precipitadamente. Takashi y Maeda se echaron a reír.

—No has cambiado, Omachi —observó Takashi. Describió un par de círculos con la copa y se la llevó a los labios. Maeda abrió una nevera plateada que se encontraba bajo la barra, empotrada en la pared, y empezó a preparar nuestra comida. Podría haberle preguntado si sabía algo más de Ayuko o cómo le iba el trabajo, pero sus respuestas no me interesaban, así que guardé silencio. Takashi Kojima seguía describiendo círculos con la copa.

—Hay mucha gente que hace esto con las copas de vino. Ya sé que parece lo más ridículo del mundo —se justificó. Había seguido mi mirada y se había dado cuenta de que le estaba observando las manos fijamente.

—No estaba pensando lo que crees —titubeé. Pero la verdad era que sí.

—Pruébalo tú también y sabrás por qué lo hago —me sugirió Takashi, mirándome a los ojos.

—Está bien —acepté. Cogí mi copa y empecé a moverla describiendo círculos. Los efluvios del vino ascendieron hasta mi nariz. Cuando bebí un sorbo su sabor me pareció ligeramente distinto, menos agresivo que antes. Se podría decir que el sabor conectaba conmigo en vez de llevarme la contraria.

—No es lo mismo —admití, sorprendida. Takashi Kojima asintió enérgicamente.

—¿Lo entiendes ahora?

—Gracias por la demostración.

Sentada al lado de Takashi, en aquel bar donde nunca había estado, describiendo círculos con mi copa de vino y comiendo ostras ahumadas, me sentía como si hubiera entrado en una misteriosa dimensión temporal. De vez en cuando pensaba en el maestro, pero apartaba rápidamente su recuerdo de mi mente. No me sentía transportada de nuevo a mi época de estudiante, pero tampoco tenía la sensación de estar viviendo el presente. La barra del Bar Maeda producía un efecto relajante en mí. La tortilla de queso estaba caliente y la ensalada, aliñada con especias. Poco a poco, nos acabamos la botella de vino. Takashi tomó un cóctel que llevaba vodka y yo pedí uno de ginebra. Cuando terminamos era más tarde de lo que creía. Ya eran más de las diez, aunque tenía la impresión de que acababa de anochecer.

—¿Nos vamos? —propuso Takashi. La conversación había ido decayendo a lo largo de las horas.

—Vámonos —acepté sin pensarlo dos veces. Takashi me había estado explicando su divorcio con todo lujo de detalles, pero la verdad es que no le presté mucha atención. Al principio me había parecido un local bastante frío, pero a medida que avanzaba la noche el Bar Maeda se había convertido en un sitio íntimo y recogido. Detrás de la barra había aparecido un camarero joven. No sabía cuándo había llegado. Hablaba en susurros, para no desentonar con el ambiente.

Takashi Kojima pagó la cuenta sin darme tiempo a reaccionar.

—Pagaré mi parte —le ofrecí en un murmullo, pero él rechazó amablemente con un ligero movimiento de cabeza. Me apoyé en su brazo y subimos las escaleras que conducían a la salida.

La luna brillaba en el cielo.

—Tu nombre se escribe con los ideogramas de «niña» y «luna» —observó Takashi, contemplando el cielo. El maestro nunca diría algo así. Me descubrí pensando en él. Mientras estábamos en el bar, el maestro no era más que un recuerdo lejano. Takashi me rodeó la cintura delicadamente y me hizo sentir incómoda.

—La luna está casi llena —observé, y me aparté de él con un movimiento sutil.

—Sí, está casi llena —repitió Takashi. No intentó acercarse de nuevo. Se quedó absorto contemplando la luna. Parecía mayor que antes, cuando estábamos en el bar.

—¿Estás bien? —le pregunté. Él me miró.

—¿A qué te refieres?

—¿Estás cansado?

—Será por la edad —me respondió.

—¡No digas eso!

—Es la verdad.

—No lo es.

Mi testarudez me asombró a mí misma. Takashi sonreía mientras yo le llevaba la contraria.

—No debería haber dicho eso. Había olvidado que tenemos la misma edad, Omachi.

—No lo decía por eso.

Estaba pensando en el maestro. Él nunca se había quejado de su edad. Quizá no lo hacía porque los ancianos se tomaban el tema mucho más en serio, o tal vez porque no le gustaba quejarse. ¡El maestro estaba tan lejos de la calle donde me encontraba! Cuando fui consciente de la distancia que había entre los dos, sentí un profundo dolor. No nos separaba la edad, ni tampoco el espacio, pero entre el maestro y yo había una distancia insalvable.

Takashi Kojima volvió a rodearme la cintura, aunque apenas me tocaba. Se limitaba a rozar la capa de aire que había alrededor de mi cuerpo. Era un gesto delicadísimo. El contacto era tan sutil que no podía rechazarlo ni fingir que no me daba cuenta. Me pregunté cuándo habría aprendido a hacerlo.

Con su brazo alrededor de mi cuerpo, me sentía como una marioneta que él manipulaba a su antojo. Takashi cruzó la calle y se encaminó hacia la oscuridad. Yo lo seguí. El instituto se alzaba frente a nosotros. La puerta de entrada estaba cerrada. De noche, bajo la luz de las farolas, el edificio parecía un gigante. Takashi subía la calle que conducía al terraplén. Yo caminaba a su lado.

El pícnic de primavera ya había terminado. No quedaba nadie, ni un triste gato. Cuando abandonamos la fiesta el suelo estaba lleno de broquetas, botellas de sake vacías y bolsas de calamares ahumados, y había gente por todas partes sentada en sus esterillas. Unas horas más tarde, no quedaba ni rastro de la fiesta. Lo habían recogido todo y no habían dejado ni una lata vacía en el suelo. La explanada estaba tan limpia que parecía que alguien la hubiera barrido. En las papeleras no se veía ni un solo residuo de la fiesta, como si el pícnic que se había celebrado aquella misma tarde hubiera sido un espejismo o una ilusión.

—No queda nada —observé.

—Es normal —dijo Takashi Kojima.

—¿Normal?

—Los profesores son unos defensores acérrimos del civismo público.

Takashi me explicó que, unos años atrás, ya había ido al tradicional pícnic de primavera que organizan los profesores justo antes del comienzo de las clases. En aquella ocasión se quedó hasta el final y fue testigo del zafarrancho de limpieza que protagonizaron los profesores cuando dieron la fiesta por terminada. Recogieron los papeles y los metieron en las bolsas de basura que habían traído. Agruparon todas las botellas vacías y las cargaron en el camión de la licorería, que pasó por delante del instituto cuando estaban recogiendo. Takashi estaba convencido de que, unos días antes, le habían pedido al transportista que pasara a recoger las botellas justo en ese momento. Las botellas llenas que habían sobrado se repartieron entre los profesores que bebían alcohol. A continuación, allanaron la tierra con la pala que se utiliza para arreglar el jardín del instituto y guardaron en una caja los objetos olvidados. Trabajaban ágilmente, como una brigada del ejército especialmente entrenada. En menos de un cuarto de hora habían eliminado por completo cualquier resto de la animada fiesta que había tenido lugar unos momentos antes.

—Me quedé petrificado, no podía hacer nada más que observar —admitió Takashi.

Al parecer, en esa ocasión los profesores también habían activado el dispositivo de limpieza al final del pícnic.

Takashi y yo dimos un breve paseo por el lugar que una hora antes estaba lleno de gente celebrando la llegada de la primavera bajo los cerezos en flor. Las flores parecían transparentes bañadas por la blanca luz de la luna. Takashi me condujo hacia un banco que había en un rincón. Seguía rodeando mi cintura con delicadeza, como antes.

—Creo que he bebido demasiado —confesó. Tenía las mejillas rojas. Durante el pícnic también estaba sonrojado. De no ser por el rubor que cubría sus mejillas, habría parecido completamente sobrio.

—Todavía refresca por la noche —comenté, sin saber muy bien cómo actuar. ¿Qué estaba haciendo allí? ¿Dónde estaba el maestro? Probablemente habría recogido las bolsas de calamares ahumados y las brochetas de pollo que había comprado en el centro, habría ayudado a limpiar el terraplén y se habría ido con la señorita Ishino quién sabe adónde.

—¿Tienes frío? —me preguntó Takashi. Se quitó el abrigo y me cubrió los hombros con él.

—No lo decía en ese sentido —protesté.

—¿En qué sentido lo decías? —me preguntó Takashi, riendo. Había adivinado mi confusión interior, pero no me sentí especialmente violenta. Me sentí como un niño que hace una travesura y es descubierto por sus padres.

Nos sentamos en el banco y estuvimos un rato así, muy juntos. El abrigo de Takashi conservaba la calidez de su cuerpo y un ligero olor a perfume. Él sonreía. Ambos mirábamos hacia delante, pero estaba segura de que sonreía.

—¿De qué te ríes? —le pregunté, sin desviar la mirada.

—De que no has cambiado.

—No te entiendo.

—Eres tan huraña como en el instituto —dijo Takashi tranquilamente. Entonces, me pasó el brazo por encima de los hombros y me abrazó. «¿Es esto lo que quiero?», me pregunté. «¿Quiero que Takashi Kojima siga atrayéndome hacia él?». En mi cabeza había algo que no encajaba, pero mi cuerpo se acercaba inevitablemente al de Takashi.

—Hace frío. ¿Por qué no vamos a un lugar más cálido? —susurró él.

—No sé qué decir —murmuré con un esfuerzo.

—¿Cómo? —preguntó Takashi.

—¿Tan lejos hemos llegado?

Takashi se incorporó de un salto sin responderme. Yo me quedé sentada. Me sujetó la barbilla con la mano, me levantó la cara y me besó de improviso.

Fue un beso tan repentino que no me dio tiempo a reaccionar. «¡Maldita sea!», maldije para mis adentros. Había bajado la guardia. Me había cogido desprevenida. No me sentía violenta, pero tampoco feliz. Me invadió una oleada de inseguridad.

—¿Y eso? —le pregunté.

—Pues eso —me respondió Takashi, que parecía muy seguro de sí mismo. Pero yo tenía la sensación de que todo estaba ocurriendo en contra de mi voluntad. Takashi, que seguía de pie, volvió a acercar su cara a la mía.

—No sigas —le advertí, tan claramente como pude.

—No pienso parar —me desafió él, con idéntica claridad.

—Ni siquiera estás enamorado de mí.

Takashi Kojima sacudió la cabeza.

—Siempre he estado enamorado de ti, Omachi. Por eso te invité a salir conmigo, aunque no funcionó.

Su rostro se ensombreció.

—¿Has estado enamorado de mí durante todo este tiempo? —le pregunté. Él esbozó una tímida sonrisa.

—Bueno, eso es imposible. La vida da muchas vueltas.

Levantó la mirada hacia la luna, cubierta por la neblina.

«Maestro», pensé. «Kojima», pensé después.

—Gracias por todo —le dije a Takashi, mientras contemplaba su silueta de perfil.

—¿Cómo dices?

—Lo he pasado muy bien esta tarde.

Takashi tenía mucha más papada que cuando era joven. Pero no era su papada lo que me provocaba rechazo, incluso me gustaba aquel abultamiento carnoso. Recordé la barbilla del maestro. Seguro que, a nuestra edad, el maestro también tenía un pliegue de grasa bajo la barbilla. Pero con el paso de los años la papada del maestro había desaparecido en vez de aumentar de tamaño.

Takashi Kojima me miraba un poco sorprendido. La luna brillaba con intensidad. Seguía oculta tras la neblina, pero resplandecía vivamente.

—Esto no va a salir bien, ¿verdad? —me preguntó, exhalando un suspiro premeditado.

—Creo que no.

—¡Qué desastre! Está claro que las citas no son lo mío —se lamentó riendo. Yo también me eché a reír.

—No es para tanto. Me has enseñado a mover la copa de vino.

—¡Por eso lo he echado todo a perder!

La luz de la luna iluminaba a Takashi.

—¿Te parezco atractivo? —me preguntó, volviéndose hacia mí.

—Eres muy atractivo —le respondí con toda la convicción que fui capaz de reunir. Entonces, me cogió de la mano y tiró de mí para levantarme.

—Si te parezco atractivo, ¿por qué no quieres nada conmigo?

—Porque sigo siendo una alumna de instituto, ¿recuerdas?

—No eres ninguna niña —dijo él, torciendo la boca en una mueca de disgusto. Con aquella expresión, él sí que parecía un alumno de instituto. Podría haber pasado por un adolescente que todavía no ha aprendido a describir círculos con su copa de vino.

Takashi y yo dimos un paseo por el terraplén cogidos de la mano. Su mano estaba caliente. La luna bañaba las flores de los cerezos con su resplandor. Me pregunté dónde estaría el maestro.

—La señorita Ishino nunca me cayó muy bien —le confesé a Takashi mientras caminábamos.

—¿De veras? Pues a mí me gustaba bastante, ya te lo he dicho.

—Pero el profesor Matsumoto no te caía bien.

—No mucho, la verdad. Siempre me pareció un cabezota inflexible.

Tuve la vaga impresión de que habíamos retrocedido en el tiempo. Inundado por la luz de la luna, el patio del instituto parecía pintado de blanco. Si seguíamos paseando por la explanada sin detenernos, tal vez podríamos volver a ser estudiantes.

Cuando alcanzamos el borde del terraplén, dimos media vuelta hasta llegar al extremo opuesto y repetimos el recorrido una vez más, cogidos de la mano. Íbamos y volvíamos una y otra vez, pero apenas hablábamos.

—¿Nos vamos? —propuse, cuando llegamos al punto de partida por enésima vez. Takashi tardó un momento en responder. Al final, me soltó la mano.

—Vamos —dijo en un susurro.

Caminamos codo con codo. Era cerca de la medianoche y la luna se encontraba en el punto más alto de su recorrido por el firmamento.

—Creía que seguiríamos paseando hasta el amanecer —murmuró Takashi, sin apartar la mirada del cielo.

—Yo también lo creía —le respondí. Entonces, él me miró fijamente.

Nos miramos a los ojos durante un instante. Luego cruzamos la calle en silencio. Takashi hizo señas a un taxi que se acercaba. Cuando se detuvo, subí.

—Si te acompaño a tu casa, volveré a hacerme ilusiones —se excusó Takashi con una sonrisa.

—Lo comprendo —repuse. La puerta se cerró automáticamente y el taxi arrancó.

Seguí con la mirada la silueta de Takashi a través del cristal trasero. Se fue empequeñeciendo hasta que la perdí de vista.

—Quizá no habría estado tan mal hacerse ilusiones —murmuré desde el asiento trasero del taxi. Pero también era consciente de que las cosas se habrían complicado más adelante. Pensé que quizá el maestro había ido solo a la taberna de Satoru, y me lo imaginé comiendo una brocheta de pollo asado con sal. También era probable que él y la señorita Ishino estuvieran en un restaurante, coqueteando como dos tortolitos.

Todo quedaba muy lejos. El maestro, Takashi Kojima y la luna estaban muy lejos de mí. A través de la ventanilla, contemplaba el paisaje en silencio. El taxi cruzaba como un rayo la ciudad desierta. «Maestro», dije en voz alta. El ruido del motor ahogó mi voz. Durante el recorrido vi varios cerezos. Algunos eran jóvenes, otros ya tenían unos cuantos años. Pero todos estaban florecidos. «Maestro», dije por segunda vez. Mi voz no llegó a ninguna parte. El taxi me llevaba por las calles oscuras.

Buena suerte

Dos días después del pícnic de primavera me encontré con el maestro en la taberna de Satoru, pero yo ya había pagado, así que nos limitamos a intercambiar un saludo.

A la semana siguiente nos vimos en el estanco frente a la estación, pero en aquella ocasión era él quien tenía prisa y tampoco pudimos hablar.

Llegó el mes de mayo. Los árboles de las calles y los parques se revistieron de un nuevo follaje verde. Algunos días hacía tanto calor que se podía salir a la calle en manga corta. Otros, en cambio, hacía tanto frío que parecía que el invierno hubiera vuelto y se echaba de menos el calor del brasero. Fui varias veces a la taberna de Satoru y siempre me cruzaba con el maestro, pero nunca teníamos ocasión de beber juntos.

—¿Ya no quedas con el maestro, Tsukiko? —me preguntó Satoru, inclinándose hacia mí por encima de la barra.

—En realidad, nunca hemos quedado —le aclaré.

—Ya —repuso Satoru, incrédulo. Habría preferido que no hubiera dicho nada. Cogí los palillos y me dediqué a desmenuzar sin piedad el *sashimi* que tenía en el plato. Satoru me lanzó una mirada de reproche mientras yo jugueteaba con la comida. Solo era un pobre pez volador, pero yo no tenía la culpa. Había sido Satoru, con su respuesta sarcástica, quien había provocado la masacre.

Me entretuve durante un rato desmigajando el pez volador. Satoru volvió a la tabla de cortar para preparar la comida de otros clientes. La cabeza del pez volador reposaba rígida encima del plato, con los ojos abiertos. Cogí con los palillos un trozo de *sashimi* y lo mojé en salsa de soja con jengibre. La carne era fresca y tenía un sabor peculiar. Bebí un sorbo de sake frío y eché un vistazo alrededor de la taberna. En la pizarra se podía leer el menú del día, escrito con tiza: «atún crudo picado, pez volador, patatas nuevas, habas y cerdo cocido». No me cabía ninguna duda de que el maestro habría pedido atún crudo y habas.

—El otro día el maestro vino con una señora muy guapa —le dijo a Satoru un hombre gordo que estaba sentado a mi lado. El tabernero levantó brevemente la vista de la tabla de cortar, pero no respondió. Miró hacia el interior del local y gritó:

—¡Tráeme una fuente blanca!

Un chico joven salió de la cocina.

—¡Caramba! —exclamó el hombre gordo, intrigado.

—Es mi nuevo empleado —presentó Satoru. El muchacho hizo una leve reverencia y dijo:

—Encantado.

—Se parece mucho a ti —observó mi vecino. Satoru asintió.

—Es mi sobrino.

El chico hizo una segunda reverencia. El tabernero empezó a servir el pescado crudo en la fuente que le había traído su sobrino. El hombre gordo observó al muchacho detenidamente durante un momento y volvió a centrar la atención en su comida.

Cuando el gordinflón se fue, otros clientes empezaron a pedir la cuenta y la taberna se quedó vacía. Desde la cocina, donde estaba el sobrino del tabernero, llegaba un chapoteo de agua. Satoru sacó un pequeño recipiente de la nevera y repartió el contenido en dos platitos. Me acercó uno.

—Pruébala. La ha hecho mi mujer —me ofreció.

Cogí con los dedos la gelatina de *konjac* que había preparado su mujer y me llevé un trocito a la boca. Era más concentrada que la que preparaba Satoru y tenía un sabor picante.

—Está muy rica —le dije. Satoru asintió con aire serio y se llevó un pellizco a la boca. A continuación, encendió la radio que había en el estante. El partido de béisbol acababa de terminar y estaban a punto de dar las noticias. Antes anunciaron un coche, unos grandes almacenes y una marca de arroz con té precocido.

—¿Sabes si el maestro se deja caer mucho por aquí últimamente? —le pregunté a Satoru con fingido desinterés. Su respuesta imprecisa no satisfizo mi curiosidad.

—De vez en cuando —me dijo.

—El señor que estaba sentado a mi lado ha dicho que vino con una mujer muy guapa.

En esa ocasión intenté dar a mi voz el tono despreocupado de una clienta habitual que comenta los chismes del vecindario, pero me temo que no lo conseguí.

—Es probable. No lo recuerdo bien —me respondió Satoru, sin levantar la vista del suelo.

—Ajá —murmuré—. Claro.

Permanecimos un rato en silencio. En la radio, un periodista estaba informando sobre los asesinatos en serie que habían tenido lugar en la prefectura A.

—Es el pan de cada día —comentó Satoru.

—El mundo está fatal —le respondí. El tabernero escuchó con atención un ratito más y luego dijo:

—La gente lleva miles de años diciendo que el mundo está fatal.

Oí la risita sofocada de su sobrino procedente de la cocina. No supe si le había hecho gracia el comentario de Satoru o si había sido algo que no tenía nada que ver. Pedí la cuenta y Satoru cogió un lápiz y esbozó una suma en un trozo de papel.

—Hasta la próxima —me dijo, mientras yo apartaba la cortinilla de la entrada y salía al exterior. La brisa nocturna me refrescó las mejillas. Tiritando, cerré la puerta de golpe. El ambiente estaba impregnado de olor a lluvia. Una gota se estrelló en mi cara. Volví a casa a paso ligero.

Estuvo lloviendo varios días seguidos. Los nuevos brotes de los árboles tomaron un color verde más intenso e invadieron mi ventana. Frente a mi casa había unas zelkovas, todavía jóvenes. Sus hojas resplandecían bajo la lluvia. Un martes, Takashi Kojima me llamó.

—¿Te apetece ir al cine? —propuso.

—Vale —le respondí.

Oí un suspiro al otro lado de la línea.

—¿Qué te pasa?

—Es que estoy nervioso. Me siento como un adolescente —se justificó—. La primera vez que invité a una chica a salir conmigo, apunté en un papel todo lo que quería decirle por teléfono.

—¿Hoy también te has hecho una chuleta? —inquirí.

—No —repuso él, completamente serio—. Pero he estado a punto.

Quedamos el domingo en Yurakucho, un punto de encuentro clásico. Takashi Kojima parecía un hombre chapado a la antigua.

—¿Quieres que vayamos a comer algo cuando salgamos del cine? —sugirió. Estaba convencida de que me llevaría a un lujoso restaurante occidental de Ginza, el distrito comercial de la ciudad. Un sitio donde comeríamos exquisiteces, como estofado de lengua y croquetas de nata.

El sábado por la tarde fui al centro a cortarme el pelo para mi cita con Takashi. Estaba diluviando y había poca gente en la calle. Caminaba sujetando el paraguas firmemente. ¿Cuántos años llevaba viviendo en aquella ciudad? Cuando me emancipé viví en otra ciudad, pero del mismo modo que los salmones siempre acaban remontando el río donde nacieron, yo también acabé regresando al lugar donde había nacido y crecido.

—¡Tsukiko! —me llamó alguien. Cuando me volví, vi al maestro. Iba ataviado con botas de agua y un chubasquero que le cubría todo el cuerpo—. ¡Cuánto tiempo sin vernos!

—Ya. Hacía mucho tiempo —repuse.

—El día del pícnic de primavera te fuiste muy pronto.

—Ya —respondí de nuevo—. Aunque volví más tarde —añadí en voz baja.

—Cuando terminó el pícnic, fui a la taberna de Satoru con la señorita Ishino —continuó el maestro, que aparentemente no había oído mis últimas palabras.

—¿Ah, sí? Qué bien —observé sin el menor interés. Me pregunté por qué, cuando hablaba con el maestro, estaba tan irritable y me disgustaba con tanta facilidad, hasta el punto de tener ganas de llorar. Nunca me he considerado una persona sensible.

—La profesora Ishino tiene el don de cautivar a los demás. Pronto hizo buenas migas con Satoru.

«Será porque Satoru tiene ojo para los negocios y sabe que le conviene llevarse bien con sus clientes», estuve a punto de replicar. Pero conseguí callar a tiempo. Habría parecido que estaba celosa de la profesora Ishino y aquello era un disparate. Simplemente absurdo.

El maestro levantó su paraguas y se puso en marcha. Estaba convencido de que iría tras él, pero no lo hice. Me quedé de pie, inmóvil. Él anduvo un trecho sin volverse. Cuando al fin se dio cuenta de que yo no lo seguía, se volvió hacia mí.

—¡Tsukiko! —dijo—. ¿Qué ocurre?

—Nada. Es que iba de camino a la peluquería. Mañana tengo una cita —le espeté a bocajarro, sin que viniera a cuento.

—¿Con un hombre? —me preguntó el maestro, muy intrigado.

—Sí.

—Vaya.

Retrocedió hacia mí y me miró con expresión grave.

—¿Quién es?

—No es asunto suyo.

—Tienes toda la razón.

Inclinó el paraguas. Una gota de agua se deslizó por una de las varillas y cayó encima de su hombro.

—Tsukiko —me dijo el maestro, en un tono de voz exageradamente solemne.

—¿Qué pasa?

—Tsukiko —repitió.

—¿Sí?

—¿Quieres ir a jugar a un salón de *pachinko*?

Su voz era cada vez más trascendental.

—¿Ahora? —le pregunté yo. El maestro asintió con gravedad.

—Sí, ahora mismo —insistió. Por la expresión de su cara, parecía que el mundo estallaría si no íbamos a un salón de *pachinko* en ese momento. Me sentí tan presionada, que acabé aceptando.

—De acuerdo. Pues vamos a jugar al *pachinko*.

El maestro me condujo por una callejuela de la calle principal.

En el salón sonaba una versión bastante moderna de una vieja marcha militar. El sonido de una guitarra acústica destacaba por encima de los instrumentos de viento. Con aire experto, el maestro se abrió paso a través de las hileras de máquinas de *pachinko*. Se detuvo frente a una, la inspeccionó e hizo lo mismo con la siguiente. El salón estaba a rebosar. Siempre estaba lleno, tanto en los días de lluvia o viento como cuando hacía sol.

—Tsukiko, elige la que quieras —me ofreció cuando hubo escogido su máquina. Sacó el monedero del bolsillo del chubasquero y extrajo una tarjeta de su interior. La introdujo en una ranura situada al lado de la máquina, que expulsó bolitas plateadas por valor de mil yenes. Recogió la tarjeta y volvió a guardarla en el monedero.

—Tiene mucha práctica —observé. El maestro afirmó con la cabeza sin decir nada. Parecía muy concentrado. Empezó a mover la palanca delicadamente, lanzando una bola tras otra.

La primera entró, y la máquina escupió unas cuantas más de propina. El maestro volvió a accionar la palanca. Cada vez que una bola entraba en uno de los agujeros laterales del panel de juego, la máquina expulsaba más bolas.

—Lo está haciendo muy bien —lo elogié desde detrás. Él sacudió la cabeza sin despegar la vista del panel.

—Qué más quisiera.

En ese preciso instante, coló una bolita en el agujero central del panel y las tres ruedas que había en el centro empezaron a girar enloquecidas. El maestro tensó los músculos de la espalda y siguió lanzando con calma una bola tras otra, pero ya no entraban con tanta facilidad como antes.

—Se acabó la buena racha —dije. Él asintió.

—Es que esas ruedas me sacan de quicio.

Dos de las ruedas se detuvieron mostrando el mismo dibujo. La tercera seguía girando. Cuando parecía que empezaba a perder impulso, volvía a ponerse en movimiento.

—¿Qué pasa si las tres ruedas tienen el mismo dibujo? —le pregunté. Entonces, se volvió hacia mí.

—¿Es la primera vez que entras en un salón de *pachinko*, Tsukiko? —inquirió.

—No. Una vez, cuando era pequeña, acompañé a mi padre a un salón de los de antes, donde había que lanzar las bolitas manualmente. Se me daba bastante bien.

Tan pronto hube terminado de hablar, la tercera rueda se detuvo. Las tres mostraban el mismo dibujo.

—El cliente de la máquina ciento treinta y dos acaba de ganar una bonificación. ¡Enhorabuena! —dijo una voz por megafonía. La máquina empezó a parpadear. El maestro volvió a olvidarse de mí y centró toda su atención en el juego. Sorprendentemente, tenía la espalda un poco encorvada. En el centro del panel se había abierto un tulipán enorme que iba engullendo todas las bolas que el maestro lanzaba. La máquina expulsaba tantas bolas, que la bandeja que había en la parte inferior estaba a punto de desbordarse. Un empleado del salón apareció con un cubo. El maestro accionó con la mano izquierda una manecilla de la máquina mientras que, con la derecha, seguía sujetando firmemente la palanca y lanzando bolas. Cambió ligeramente de ángulo, de modo que el tulipán todavía engullía más bolas que antes.

El cubo estaba lleno.

—Ya falta poco —murmuró el maestro. Cuando las bolas llegaron al borde del cubo, el tulipán se cerró y la máquina se apagó de improviso. El maestro irguió la espalda de nuevo y soltó la palanca.

—¡Lo ha conseguido! —exclamé. Él asintió de espaldas a mí y exhaló un profundo suspiro.

—¿Quieres probar suerte tú también, Tsukiko? —sugirió, girando la cabeza hacia mí—. Tómatelo como un experimento social.

Un experimento social. Típico del maestro. Tomé asiento frente a la máquina que había a su lado.

—Tienes que ir a comprar las bolitas —me recordó el maestro, así que fui a comprar una tarjeta, la introduje tímidamente en la ranura y la máquina expulsó bolas por valor de quinientos yenes.

Erguí la espalda imitando la postura del maestro y accioné la palanca, pero no conseguí colar ninguna bola. Los quinientos yenes se me acabaron en menos que canta un gallo, así que saqué la tarjeta y fui a comprar más bolas. En aquella ocasión lo intenté desde distintos ángulos. A mi lado, el maestro seguía jugando tranquilamente. Las tres ruedas centrales todavía no habían empezado a girar, pero oía el ruido incesante de las bolas que entraban en los agujeros. Cuando se me acabó la segunda tanda de bolas, dejé de jugar. Las tres ruedecillas de la máquina del maestro estaban girando otra vez.

—¿Volverán a coincidir los tres dibujos? —le pregunté, pero él negó con la cabeza.

—Las probabilidades son de una entre varios centenares. Esta vez no lo conseguiré.

Tal y como había predicho, cuando las ruedas se detuvieron no coincidía ningún dibujo. Siguió jugando diez minutos más, durante los cuales ganó nuevas bolas. Cuando comprobó que estaba ganando la misma cantidad de bolas que gastaba, se levantó. Cogió el cubo y lo llevó al mostrador a paso ligero. No bien el empleado hubo contado las bolas, el maestro se acercó al rincón donde estaban expuestos los premios.

—¿No va a cambiarlo por dinero? —pregunté. El maestro me miró fijamente.

—A pesar de que no juegas nunca, lo sabes todo.

—Soy una mujer bien informada —respondí. El maestro se echó a reír. Yo creía que los premios de un salón de *pachinko* consistían básicamente en tabletas de chocolate, pero la oferta era bastante amplia. Había desde máquinas eléctricas para hervir el arroz hasta corbatas. El maestro examinó con interés todos los artículos. Al final, escogió una caja de cartón que contenía una aspiradora de mesa y cambió las bolas que habían sobrado por tabletas de chocolate.

—El chocolate es para ti —me dijo cuando salimos del salón. Había más de diez tabletas.

—Quédese algunas —dije. Le tendí las tabletas en abanico como si fueran las cartas de una pitonisa, y el maestro cogió tres.

—¿También estuvo en un salón de *pachinko* con la profesora Ishino? —le pregunté, como si fuera lo más normal del mundo.

—¿Yo? —dijo el maestro, enarcando las cejas—. ¿Y tú, Tsukiko? ¿Adónde fuiste con tu amigo? —me preguntó a su vez.

—¿Yo? —disimulé. En aquella ocasión me tocó a mí enarcar las cejas—. Es usted muy bueno jugando al *pachinko* —lo elogié. El maestro hizo una mueca de disgusto.

—Jugar demasiado no es bueno, pero el *pachinko* es un vicio muy agradable —dijo, y se acomodó bajo el brazo la caja que contenía la aspiradora de mesa.

Emprendimos el camino de vuelta hacia el centro, conversando en voz baja.

—¿Te apetece tomar una copa en la taberna de Satoru?

—De acuerdo.

—¿No tenías una cita mañana?

—No importa.

—¿En serio?

—En serio.

«No importa», repetí para mis adentros, y me arrimé al maestro.

Los pequeños brotes recién nacidos habían dado lugar a un follaje exuberante. El maestro y yo caminábamos despacio, bajo el mismo paraguas. De vez en cuando, su brazo rozaba mi hombro accidentalmente. El maestro sujetaba el paraguas abierto muy por encima de su cabeza.

—¿Cree que Satoru ya habrá abierto? —pregunté.

—Si no ha abierto todavía, podemos ir a dar un paseo —respondió.

—¿Vamos a dar un paseo? —propuse, mientras levantaba la mirada y contemplaba el techo del paraguas.

—Vamos —dijo el maestro, en el mismo tono resuelto de la marcha militar que sonaba antes en el salón de *pachinko*.

La lluvia había perdido intensidad. Una gota de agua me cayó en la mejilla y me la sequé con el dorso de la mano.

—¿No llevas ningún pañuelo, Tsukiko? —me preguntó el maestro.

—Sí, pero es más cómodo con la mano.

—Qué comodonas sois las jovencitas de hoy en día.

El maestro caminaba a grandes zancadas, y yo me había adaptado a su ritmo para no quedarme rezagada. El cielo se abrió y los pájaros empezaron a trinar. Había dejado de llover, pero él seguía con el paraguas abierto. Caminando deliberadamente despacio, nos dirigimos al centro de la ciudad.

La estación lluviosa

Takashi Kojima me invitó a ir de viaje con él.

—Conozco un hostal tipo *ryokan* donde se come de fábula —me dijo.

—¿Se come de fábula? —repetí. Takashi asintió, con la expresión grave que a veces adoptan los niños. Me sorprendí pensando que, cuando era pequeño, seguro que le sentaba bien el pelo cortado a lo paje.

—Estamos en la temporada de las truchas.

—Ajá —respondí. Un *ryokan* de lujo con buena comida. Parecía un lugar hecho a la medida de Takashi Kojima.

—Podríamos ir antes de que empiecen las lluvias.

Cuando estaba con Takashi Kojima, siempre me pasaba por la cabeza la palabra «adulto». En la escuela primaria seguro que había sido un niño como cualquier otro, moreno y canijo. En secundaria habría sido un chico larguirucho. Luego se despojó de su piel de adolescente para convertirse en un joven. El Takashi universitario debió de ser un muchacho al que el adjetivo «joven» le iba como anillo al dedo. Me lo imaginaba perfectamente. Cuando cumplió los treinta, se había convertido en un hombre. No podía haber sido de otra forma.

Siempre hacía lo que tocaba según la edad que tenía. Su vida transcurría de forma equilibrada, y su cuerpo y su mente se desarrollaban proporcionalmente a la edad.

Yo, sin embargo, todavía no me podía considerar una «adulta» hecha y derecha. Cuando iba a la escuela primaria era bastante madura. Empecé a estudiar secundaria y luego pasé a bachillerato, pero mi nivel de madurez disminuía a medida que transcurrían los años. Nunca me he llevado muy bien con el tiempo.

—¿Por qué no podemos ir durante la estación de lluvias? —le pregunté.

—Porque nos mojaríamos —respondió automáticamente.

—Podríamos llevarnos un paraguas —objeté.

Takashi se echó a reír.

—Te estoy invitando a pasar un fin de semana conmigo a solas. ¿Lo has entendido? —me explicó mirándome a los ojos.

—Antes has mencionado las truchas, ¿verdad?

Era plenamente consciente de lo que Takashi me estaba proponiendo. Y no me desagradaba en absoluto la idea de viajar con él. Pero sin saber por qué, me iba por la tangente para evitar darle una respuesta.

—Cerca del *ryokan* hay un río donde pescan las truchas. Y las verduras de la región son exquisitas —me explicó. Se había dado cuenta de que yo estaba esquivando su pregunta, pero no parecía desquiciado, sino todo lo contrario. No perdió la calma en ningún momento.

—Piensa en pepinos recién cogidos con pulpa de ciruelas saladas, imagínate unas rodajas de berenjena fresca con jengibre y salsa de soja, o un repollo condimentado con salvado de arroz. Las verduras cultivadas en los huertos caseros tienen un sabor mucho más intenso —intentaba convencerme Takashi—. Los productos se recogen en los huertos cercanos y se comen el mismo día. El miso y la salsa de soja también son de elaboración casera. Es el lugar perfecto para una sibarita como tú —bromeó riendo.

Me gustaba la risa de Takashi. Estuve a punto de aceptar la invitación, pero seguí esquivando la respuesta.

—Así que truchas... y verduras, ¿eh? —musité, indecisa.

—Cuando te hayas decidido, dime algo y llamaré para hacer la reserva —dijo, y pidió otra copa.

Estábamos sentados en la barra del Bar Maeda. Debía de ser la quinta vez que quedábamos. Takashi masticaba ruidosamente las pipas que nos habían traído en un pequeño plato. Yo también picaba alguna de vez en cuando. Maeda dejó discretamente un vaso de Four Roses con soda frente a Takashi. Siempre que iba al Bar Maeda con Takashi me sentía fuera de lugar. De fondo se oía música de jazz. La barra estaba limpia y reluciente y los vasos, impolutos. El ambiente olía ligeramente a tabaco. El murmullo de voces era prácticamente inaudible. No había nada que llamara la atención, y me sentía incómoda.

—Qué ricas están las pipas —dije, y cogí unas cuantas más. Takashi saboreaba su Bourbon con soda. Me acerqué el vaso a los labios y bebí un sorbo de mi Martini, que era tan perfecto como todo lo demás. Dejé el vaso en la barra con un suspiro. El cristal estaba frío y ligeramente empañado.

—Pronto empezará la estación lluviosa —comentó el maestro.

—Así es —gruñó Satoru. Su sobrino también asintió. Estaba completamente adaptado a su nuevo trabajo.

El maestro se volvió hacia el chico y le pidió una trucha.

—Entendido —respondió el sobrino de Satoru. Acto seguido, desapareció hacia el interior del local. Pronto nos llegó el olor a pescado asado.

—¿Le gusta la trucha, maestro? —le pregunté.

—Me gustan todos los peces, tanto de mar como de río —respondió.

—Entonces, le gusta la trucha.

El maestro me miró fijamente.

—¿Tienes algo en contra de las truchas, Tsukiko? —inquirió, sin dejar de mirarme.

—No, al contrario —respondí precipitadamente, agachando la cabeza. El maestro siguió mirándome durante un rato, con las cejas enarcadas.

El sobrino de Satoru salió de la cocina con la trucha en un plato. La había aliñado con vino de bistorta.

—El color verde del vino de bistorta es muy adecuado para la estación lluviosa —musitó el maestro mientras observaba la trucha. Satoru se echó a reír.

—Profesor, es usted todo un poeta —comentó.

—No era ningún poema, solo una impresión —puntualizó el maestro. Desmenuzó delicadamente la trucha con los palillos y empezó a comer. Sus modales eran exquisitos.

—Maestro, veo que le gusta la trucha. ¿Por qué no va a algún balneario de esos donde las cocinan bien? —sugerí. Él arrugó la frente.

—Jamás iría a un balneario expresamente para comer truchas —repuso, recuperando su expresión normal—. ¿Qué te pasa, Tsukiko? Hoy te noto un poco rara.

Estuve a punto a explicarle que Takashi Kojima me había invitado a ir de viaje con él, pero guardé silencio. El maestro bebía a la velocidad ideal. Daba un traguito, hacía una breve pausa, seguía bebiendo y descansaba de nuevo. Yo, en cambio, vaciaba mi vaso mucho más rápido que de costumbre. Lo llenaba, me lo bebía de un trago y volvía a llenarlo. Ya llevaba tres botellas de sake.

—¿Qué te preocupa, Tsukiko? —insistió el maestro. Yo sacudí la cabeza.

—Nada. No es nada. ¿Qué iba a preocuparme?

—Si realmente no te pasara nada, no te esforzarías tanto en negarlo.

En el plato del maestro solo quedaba la espina de la trucha. La pinchó con los palillos. Estaba intacta.

—Estaba deliciosa —le dijo el maestro a Satoru.

—Gracias —respondió el tabernero. Apuré mi vaso a toda prisa. El maestro me miraba con una mueca de reproche.

—Estás bebiendo demasiado, Tsukiko —me reprendió con suavidad.

—Déjeme en paz —le espeté, y llené mi vaso de nuevo. Lo apuré de un trago. Era la tercera botella que caía en una noche.

—Otra —le pedí a Satoru.

—¡Sake! —gritó brevemente hacia la cocina.

—Tsukiko... —intentó detenerme el maestro. Esquivé su mirada—. Ahora ya la has pedido, pero procura no acabártela —me advirtió. En su voz había un deje amenazante que no era propio de él. Mientras hablaba, me daba palmaditas en la espalda.

—De acuerdo —respondí con un hilo de voz. Pronto empecé a notar los efectos del sake—. Deme unas palmaditas más, maestro —farfullé.

—Hoy te estás comportando como una niña caprichosa, Tsukiko —rio el maestro, y siguió dándome palmaditas en la espalda.

—Es que lo soy. Siempre lo he sido —dije. Mientras tanto, acariciaba la espina de la trucha que el maestro había dejado en el plato. Era tan blanda, que se encorvaba. El maestro apartó la mano de mi espalda y se llevó el vaso a los labios muy despacio. Apoyé la cabeza en su hombro durante un breve instante, pero la aparté enseguida. Él no dio muestras de haberse percatado de mi gesto. Siguió bebiendo en silencio.

Cuando abrí los ojos, me encontraba en casa del maestro.

Estaba tumbada en el tatami. Encima de mí había una mesita y justo enfrente vi los pies del maestro. Me incorporé con un sobresalto.

—¿Ya te has despertado? —me preguntó. La puerta corrediza y el ventanal estaban abiertos, y la brisa nocturna invadía la estancia. Hacía un poco de frío. En el cielo la luna brillaba entre las nubes, rodeada por un grueso halo.

—¿Me he dormido? —pregunté.

—Sí, has estado durmiendo —rio el maestro.

—He dormido como un tronco.

Comprobé el reloj. Eran cerca de las doce de la noche.

—Pero no he estado dormida mucho rato, ¿verdad? Una horita más o menos.

—Teniendo en cuenta que estás en una casa ajena, considero que una hora es suficiente —repuso el maestro, con una sonrisa burlona. Tenía las mejillas más coloradas que de costumbre. Supuse que había estado bebiendo mientras yo dormía.

—¿Qué estoy haciendo aquí? —pregunté. El maestro abrió los ojos, sorprendido.

—¿No te acuerdas? Empezaste a gritar pidiéndome que te llevara a mi casa.

—¿En serio? —dije, y me dejé caer de nuevo en el suelo. Apreté la mejilla contra el tatami. Mi melena se esparció por el suelo, enredada. Contemplé las nubes que surcaban el cielo nocturno. En ese momento supe que no quería ir de viaje con Takashi Kojima. Tumbada en el suelo, con la mejilla apoyada en el tatami, evoqué la vaga incomodidad que sentía cada vez que estaba con él. Era una molestia casi imperceptible, pero que nunca se desvanecía del todo.

—Tengo la marca del tatami en la cara —le dije al maestro desde el suelo.

—¿Dónde? —preguntó. Rodeó la mesita y se me acercó—. Es verdad, está perfectamente marcado.

Me acarició suavemente la mejilla. Tenía los dedos fríos. Parecía más alto, quizá porque lo veía desde el suelo.

—Tienes la mejilla ardiendo, Tsukiko.

Siguió acariciándome. Las nubes pasaban rápidamente. Ocultaban la luna por completo y la descubrían un instante más tarde.

—Es por el alcohol —le respondí. El maestro se tambaleó ligeramente. Él también parecía ebrio.

—¿Quiere que vayamos juntos de viaje, maestro? —propuse.

—¿Adónde quieres ir?

—A algún lugar donde podamos comer unas buenas truchas.

—Con las truchas de Satoru tengo más que suficiente —replicó él, y apartó la mano de mi cara.

—Pues vayamos a un balneario de montaña.

—No tenemos por qué ir tan lejos. Cerca de aquí hay balnearios que no están nada mal —protestó. Se sentó en el suelo sobre los talones, a mi lado. Ya no se tambaleaba. Estaba tan tieso como siempre.

—Quiero que vayamos juntos a algún lugar —insistí. Me incorporé y lo miré directamente a los ojos.

—No iremos a ningún sitio —respondió él, aguantándome la mirada.

—¡Yo quiero ir de viaje con usted!

Por culpa del alcohol, no era consciente de todo lo que decía. En realidad sabía perfectamente de qué estaba hablando, pero mi cerebro solo quería comprenderlo a medias.

—¿Adónde iríamos tú y yo solos, Tsukiko?

—Con usted iría al fin del mundo, maestro —grité.

El viento soplaba con más intensidad y las nubes cruzaban el cielo rápidamente. El ambiente estaba cargado de humedad.

—Tranquilízate, Tsukiko —me advirtió el maestro.

—Estoy muy tranquila.

—Deberías volver a casa y descansar.

—No quiero volver a casa.

—No seas cabezota.

—No soy cabezota, lo que pasa es que estoy enamorada de usted.

Tan pronto lo hube dicho, me invadió una oleada de turbación.

Había metido la pata. Un adulto debe evitar palabras que puedan desconcertar a los demás y nunca debe decir nada de lo que pueda avergonzarse a la mañana siguiente.

Pero ya era tarde. Quizá se me había escapado por falta de madurez. Yo nunca sería tan adulta como Takashi Kojima.

—Estoy enamorada de usted —repetí, como si quisiera asegurarme la victoria. El maestro me miraba perplejo.

Un trueno retumbó cerca de allí, y el destello fugaz de un relámpago iluminó las nubes. Unos segundos más tarde, se oyó otro trueno.

—El cielo se ha vuelto loco porque tú te has vuelto loca, Tsukiko —musitó el maestro, asomándose al balcón.

—No me he vuelto loca —protesté. Él rio amargamente.

—El temporal está a punto de empezar.

Cerró la puerta corrediza, que se deslizó con un chirrido. Los relámpagos caían con más frecuencia y los truenos retumbaban muy cerca de allí.

—Tengo miedo, maestro —dije, y me acerqué a él.

—No tengas miedo. Solo es una tormenta con mucho aparato eléctrico —respondió con calma, mientras trataba de esquivarme. De rodillas, hice un nuevo intento de aproximación. Mi miedo a los truenos era auténtico.

—Diga lo que diga, yo estoy muerta de miedo —repetí, con los dientes fuertemente apretados. El estruendo de los truenos era cada vez más intenso. El fulgor de un relámpago iluminó el cielo, y justo después un fuerte chasquido resquebrajó el silencio nocturno. Había empezado a llover. La lluvia caía oblicuamente y repiqueteaba con fuerza contra los cristales del ventanal.

—Tsukiko —dijo el maestro, observándome. Yo me tapaba los oídos con las manos. Estaba sentada a su lado, con el cuerpo tenso—. Veo que estás pasando miedo de verdad.

Afirmé con la cabeza, sin despegar los labios. El maestro asintió con aire grave. Luego se echó a reír.

—Eres una chica peculiar —observó intrigado—. Ven aquí. Te abrazaré.

El maestro me atrajo hacia sí. Su aliento olía a alcohol y su pecho rezumaba el aroma dulzón del sake. Acomodó la parte superior de mi cuerpo en su regazo y me estrechó firmemente.

—Maestro —susurré. Mi voz sonó tan débil como un suspiro.

—Tsukiko —respondió él. Pronunció mi nombre con claridad, como suelen hacerlo los profesores—. Las niñas no deben decir cosas raras. Y alguien como tú, que teme a los truenos, no es más que una niña.

Soltó una sonora carcajada que se mezcló con el estruendo del temporal.

—Pero yo le quiero de verdad, maestro —intenté defenderme, pero mi voz quedó sofocada por el ruido de la tormenta y las carcajadas del maestro.

Los truenos eran cada vez más intensos. Estaba lloviendo a cántaros. El maestro reía. Yo permanecía en su regazo sin saber qué hacer. ¿Qué diría Takashi Kojima si se encontrara en mi situación?

Nada tenía sentido. Era absurdo que yo le hubiera dicho al maestro que estaba enamorada de él y que él estuviera tan tranquilo a pesar de que aún no me había dado una respuesta. Aquellos truenos repentinos también eran irreales, así como la asfixiante humedad que se había instalado en la salita desde que el maestro había cerrado la ventana. Todo parecía un sueño.

—¿Estoy soñando, maestro? —le pregunté.

—Sí, es probable. Podría ser un sueño —me respondió con aire divertido.

—¿Cuándo me despertaré?

—Quién sabe.

—Yo no quiero despertarme.

—Pero si es un sueño, tarde o temprano te despertarás.

Los relámpagos centelleaban y los truenos retumbaban. Tenía los músculos de todo el cuerpo agarrotados. El maestro me acariciaba la espalda.

—No quiero despertar —repetí.

—Yo tampoco —dijo él.

La lluvia repiqueteaba contra el techo. Yo estaba en el regazo del maestro, tensa. Él me acariciaba la espalda dulcemente.

En la isla
PRIMERA PARTE

Por fin habíamos llegado.

El maestro había dejado su inseparable maletín en una esquina de la habitación.

—¿Ahí dentro lleva todo su equipaje? —le pregunté en el tren. Él asintió.

—Solo necesito ropa para dos días. En el maletín hay espacio suficiente.

—Ya —respondí, escéptica. Con las manos encima del maletín, el maestro se dejaba llevar por el vaivén del tren. Él y su equipaje se balanceaban al compás del traqueteo.

Cogimos juntos el tren, subimos juntos al transbordador, remontamos juntos la cuesta de la isla y llegamos juntos a la pequeña pensión.

Aquella noche, cuando llegaron las lluvias y los truenos retumbaban, debí de insistir tanto que el maestro no tuvo más remedio que claudicar y aceptar mi invitación. O quizá cambió de opinión más tarde, cuando la tormenta ya se había disipado, mientras yo estaba sola tumbada en el futón que me había preparado en la habitación de invitados y él estaba en su propia habitación, también solo. Pero también era probable que, de repente y sin motivo alguno, al maestro le hubiera apetecido ir de viaje.

—¿Quieres ir de viaje a una isla el próximo fin de semana, Tsukiko? —me propuso el maestro sin previo aviso, cuando volvíamos de la taberna de Satoru. Había llovido sin cesar y las calles estaban mojadas. Los charcos reflejaban la luz blanca de las farolas, que parecía flotar en la oscuridad de la noche. El maestro caminaba en línea recta, pisando los charcos. Yo intentaba sortearlos todos y caminaba sin rumbo fijo, desviándome constantemente. Por eso me había quedado un poco rezagada.

—¿Eh? —le pregunté.

—¿No fuiste tú quien propuso la otra noche ir juntos de viaje?

—¿De viaje? —repetí como una tonta.

—Conozco una isla adonde solía ir con frecuencia.

—¿Por qué?

—Tenía mis motivos —murmuró el maestro.

—¿Qué motivos? —insistí, pero no obtuve respuesta. Apreté el paso para darle alcance.

—Si no puedes acompañarme, iré yo solo.

—Claro que puedo —me apresuré a responder.

Y allí estábamos, en una pequeña pensión de aquella isla que el maestro tan bien conocía. Él llevaba su inseparable maletín. Yo llevaba una maleta de viaje recién estrenada que había comprado expresamente para la ocasión. Estábamos solos. Juntos. Pero dormíamos en habitaciones separadas. El maestro decidió que yo dormiría en la habitación con vistas al mar, mientras que él se quedó la que daba a las colinas que constituían el relieve del interior de la isla.

Dejé la maleta en medio de mi habitación y llamé a la puerta del maestro.

—Toc, toc. Soy mamá. Abrid la puerta, cabritos, que no soy el lobo. Tengo la pata blanca.

El maestro abrió la puerta sin molestarse en comprobar el color de mi pata.

—¿Te apetece un té? —propuso, mientras me invitaba a entrar con una sonrisa en los labios. Yo también sonreí.

A pesar de que ambas habitaciones eran iguales, la suya parecía un poco más pequeña. Quizá el paisaje montañoso que se veía por la ventana la hacía parecer más estrecha.

—¿Quiere que vayamos a mi habitación? Es preciosa, tiene vistas al mar —sugerí, pero el maestro rechazó mi propuesta.

—Un hombre jamás debe entrar en la habitación de una señorita.

—Ya —respondí. Quise decirle que a mí no me molestaba, pero para él parecía ser un asunto de vital importancia, así que decidí olvidarlo. No sabía por qué el maestro me había invitado a viajar con él. Cuando le confirmé que lo acompañaría, su rostro no reflejó ningún tipo de emoción. En el tren se comportó como de costumbre. Tomamos el té frente a frente, como cuando estábamos en la taberna de Satoru y teníamos que sentarnos en una de las mesas porque la barra estaba llena. Su actitud era la misma de siempre.

Aun así, allí estábamos.

—¿Quiere otra taza de té? —le ofrecí alegremente.

—Sí, por favor —aceptó el maestro. Aún más alegremente, llené la pequeña tetera con agua hirviendo. Se oían los alaridos lastimeros de las gaviotas, que procedían de las colinas. Tenían una voz ruda y estridente, y sobrevolaban la isla rompiendo la calma del atardecer.

—¿Vamos a dar un paseo? —sugirió el maestro, mientras se calzaba los zapatos en el vestíbulo. Yo iba a ponerme unas chanclas que llevaban el nombre de la pensión escrito a rotulador, pero él me lo impidió.

—El terreno de la isla es más irregular de lo que parece —dijo, y señaló mis zapatos, que había dejado en el estante del vestíbulo. Tenían un poco de tacón. Cuando me los ponía, mi cabeza quedaba a la altura de los ojos del maestro.

—Es que estos zapatos no son adecuados para caminar por la montaña —objeté. El maestro frunció el ceño levemente. Fue un gesto tan sutil que habría pasado desapercibido a los ojos de cualquier otra persona. Pero yo no dejaba pasar por alto ningún cambio que se produjera en su expresión.

—No me mire con esa cara, maestro.

—¿Qué cara?

—Como si algo lo estuviera fastidiando.

—Tú no me fastidias, Tsukiko.

—Soy un incordio.

—No es cierto.

—Pregúnteselo a quien quiera. Nadie me soporta.

Enfrascada en aquella absurda conversación, me calcé las chanclas de la pensión y seguí al maestro. Se había puesto un chaleco y caminaba despacio, con la espalda recta y las manos vacías.

El momento de calma que precede el atardecer había terminado. Soplaba una brisa suave. Las nubes formaban columnas gigantescas que colgaban suspendidas por encima de la línea del horizonte. El sol, que se estaba hundiendo en el mar, teñía las nubes de un pálido tono rosado.

—¿Cuánto se tarda en rodear la isla? —jadeé. El maestro estaba en plena forma, como el día en que fuimos a recoger setas con Satoru y su primo. Subíamos poco a poco por la empinada pendiente de una de las colinas de la isla.

—A buen ritmo, una horita más o menos.

—¿A buen ritmo?

—A tu ritmo probablemente tardaríamos tres horas.

—¿Tres horas?

—Deberías hacer más ejercicio, Tsukiko.

El maestro caminaba a paso rápido. Incapaz de seguir su ritmo, me detuve a media ladera para contemplar el mar. El sol se iba acercando a la línea del horizonte y las nubes resplandecían con un rojo más intenso. «¿Dónde estoy?», me pregunté. «¿Qué estoy haciendo aquí, rodeada de mar, a media ladera de una colina de un pueblecito de pescadores desconocido?». El maestro se iba alejando. Su silueta de espaldas me parecía fría y distante. Habíamos ido juntos de viaje, aunque fuera solo un fin de semana, pero el maestro me estaba dejando sola. De repente, aquel hombre que caminaba delante de mí me pareció un completo desconocido.

—¡Ya falta poco, Tsukiko! —me dijo el maestro, volviéndose hacia mí.

—¿Cómo dice? —le pregunté desde más abajo. Él agitó la mano.

—Cuando hayamos subido esta cuesta, ya casi habremos llegado.

—¡Pues sí que es pequeña la isla! Cuando lleguemos al final de la cuesta, ¿la habremos rodeado entera? —le pregunté. El maestro agitó la mano de nuevo.

—Piensa un poco, Tsukiko. Eso que dices no tiene ningún sentido.

—Pero si...

—¿Cómo voy a rodear la isla entera con una persona sedentaria como tú? Y mucho menos con esas cosas en los pies.

Las chanclas todavía le molestaban.

—Venga, date prisa. No te quedes ahí como un pasmarote —me apremió. Levanté la cabeza.

—Si no estamos rodeando la isla, ¿adónde vamos?

—No pierdas el tiempo quejándote y sigue caminando.

El maestro siguió subiendo a paso rápido, hasta que lo perdí de vista. El último trecho, que rodeaba la colina, era aún más empinado. Me ajusté las chanclas rápidamente y fui tras él.

—¡Espéreme, maestro! Ya voy. Enseguida voy —dije mientras seguía sus pasos.

Cuando llegué al final de la pronunciada pendiente, divisé la amplia cima de la colina. Unos árboles altos y frondosos bordeaban el camino. Entre los árboles había cuatro casas que formaban una aldea. Todas las casas tenían un pequeño huerto donde crecían pepinos y tomates. Junto a uno de los huertos había un corral, y al otro lado de la tosca alambrada metálica se oían los cacareos de las gallinas.

Más allá del poblado había una pequeña ciénaga. Por culpa de la menguante luz del crepúsculo, no la vi y zambullí el pie en un charco verdoso. El maestro me esperaba al lado de la ciénaga.

—Por aquí, Tsukiko.

Estaba a contraluz. Cuando miré en su dirección, solo vi una silueta negra recortada contra el cielo rojizo. No pude adivinar la expresión de su cara. Saqué el pie del charco arrastrando la chancla y me dirigí al lugar donde me estaba esperando. Los jacintos de agua y los nenúfares flotaban en la superficie de la ciénaga. Los insectos se deslizaban por el agua. Cuando llegué al lado del maestro, pude verle la cara. Su expresión era tan pacífica como el agua estancada de la ciénaga.

—¿Vamos? —dijo, y se puso en marcha de nuevo. La ciénaga era pequeña. El camino la rodeaba y descendía suavemente. El paisaje cambió, y los altos árboles que bordeaban el camino se transformaron en arbustos. El sendero se estrechó y el asfalto del pavimento empezó a ser irregular.

—Ya hemos llegado.

El asfalto había desaparecido por completo y se había convertido en un camino de tierra. El maestro avanzaba despacio y yo lo seguía. Las chanclas hacían un ruido curioso al chocar contra las plantas de mis pies. Parecía un pájaro batiendo las alas. Frente a nosotros apareció un pequeño cementerio al final del camino.

Las tumbas que se encontraban cerca de la entrada estaban muy bien cuidadas, pero las sepulturas fusiformes y las viejas tumbas mohosas que había al fondo se hallaban rodeadas de malas hierbas. El maestro se dirigió hacia el fondo pisoteando los hierbajos, que le llegaban a la altura de la rodilla.

—¿Adónde va, maestro? —le pregunté levantando la voz. Él se volvió y me dirigió una cálida sonrisa.

—Ya hemos llegado. Es aquí —dijo, y se agachó frente a una pequeña tumba. A diferencia de las viejas tumbas que la rodeaban, el musgo aún no la había cubierto por completo. Justo delante había un cuenco con un poco de agua. Probablemente lo habría llenado la lluvia. Los tábanos zumbaban a nuestro alrededor.

El maestro juntó las manos y empezó a rezar en silencio, agachado y con los ojos cerrados. Los tábanos nos atacaban alternativamente. Cuando se me acercaban demasiado, los ahuyentaba con un «¡Pst!». El maestro, en cambio, seguía rezando sin preocuparse por los insectos.

Al fin, separó las manos y se levantó. Me miró fijamente.

—¿Es la tumba de un pariente suyo? —inquirí.

—Supongo que se podría decir así —respondió él, vagamente.

Algunos tábanos se posaron en su cabeza. El maestro la sacudió bruscamente y los insectos levantaron el vuelo.

—Es la tumba de mi mujer.

Ahogué una exclamación. El maestro sonrió de nuevo, con idéntica calidez.

—Al parecer, murió en esta isla.

El maestro me explicó que, cuando lo abandonó, su mujer estuvo viviendo en el pueblo donde cogimos el transbordador para llegar a la isla. Pronto se separó del hombre con quien se había fugado. Después de varios escarceos amorosos acabó viviendo con un hombre de un pueblo situado en un cabo cercano. Se mudaron a la isla quién sabe cuándo. La esposa del maestro vivió en la isla con su último amante hasta que, un día, la atropelló uno de los escasos coches que pasaban por allí y murió.

—Era una mujer algo excéntrica —añadió el maestro con seriedad cuando terminó de contarme la vida de su «esposa».

—Sí.

—Además, tuvo una vida extraña.

—Sí.

—¿Cómo pudo morir atropellada en una isla tan tranquila como esta? —se preguntó, apesadumbrado. Luego sonrió ligeramente. Me acerqué a la tumba, me agaché y miré al maestro. Él me observaba sonriente.

—Quería venir aquí contigo —me dijo tranquilamente.

—¿Conmigo?

—Sí. Llevaba mucho tiempo sin venir.

Unas cuantas gaviotas sobrevolaban el cementerio y gritaban con estridencia. Quería preguntarle al maestro por qué me había traído allí, pero las gaviotas hacían demasiado escándalo y pensé que no oiría mis palabras.

—Era una mujer extravagante —musitó el maestro, mirando al cielo—. Todavía sigo pensando en ella.

Aquel «todavía» llegó a mis oídos traspasando como una flecha el jaleo de las gaviotas. Todavía. Todavía. «¿Me ha llevado hasta esta isla remota solo para decirme eso?», grité para mis adentros, pero no dije nada. Miré fijamente al maestro. Tenía una media sonrisa dibujada en la cara. ¿Por qué estaba sonriendo?

—Yo vuelvo a la pensión —dije al fin, y le di la espalda.

Me pareció oír su voz llamándome, pero pensé que habrían sido imaginaciones mías. Recorrí a paso ligero el camino que separaba el cementerio de la ciénaga, dejé atrás la pequeña aldea y bajé la cuesta. Me volví varias veces, pero el maestro no me seguía. Me pareció oír de nuevo su voz pronunciando mi nombre.

—¡Maestro! —exclamé. Las gaviotas seguían gritando ruidosamente. Esperé un momento, pero no volví a oír su voz ni vi su silueta detrás de mí. Deduje que se habría quedado rezando solo en el cementerio, apenado, junto a la tumba de la difunta esposa que todavía ocupaba sus pensamientos.

«¡Maldito viejo!», pensé para mis adentros. Lo repetí en voz alta:

—¡Maldito viejo!

Seguro que el maldito viejo habría seguido caminando para rodear la isla entera. Decidí olvidar al maestro y aprovechar mi estancia en la isla para darme un baño al aire libre en el pequeño balneario de la pensión. Estaba dispuesta a disfrutar del fin de semana, con el maestro o sin él. Al fin y al cabo, siempre había estado sola. Bebía sola, me emborrachaba sola y me divertía sola.

Bajé la cuesta a paso firme. El sol del atardecer seguía suspendido por encima del horizonte. Las incómodas chanclas me golpeaban las plantas de los pies y me sacaban de quicio. El escándalo de las gaviotas era insoportable. El vestido que me había comprado expresamente para el viaje tenía la cintura demasiado estrecha. Las chanclas me venían grandes y me dolía el empeine. Tanto la playa como el camino estaban desiertos y tristes, y yo me sentía furiosa porque el maestro de las narices no me seguía.

¿Qué estaba haciendo con mi vida? Estaba en una isla que no conocía, arrastrando los pies por un camino desconocido y había perdido de vista al maestro, a quien creía conocer pero en realidad tampoco conocía. No me quedaba otra opción que emborracharme. Había oído decir que las especialidades gastronómicas de la isla eran el pulpo, la oreja marina y la langosta. Comería orejas marinas hasta reventar. Puesto que era el maestro quien me había invitado, él lo pagaría todo. Tendría una resaca monumental y no podría caminar, de modo que el maestro debería arrastrarme a todas partes. La esperanza de pasar un fin de semana romántico con él se había roto en mil pedazos.

En el porche de la pensión había una luz encendida. Dos grandes gaviotas descansaban en el tejado, acurrucadas entre las tejas. El sol ya se había puesto y la oscuridad por fin había silenciado las gaviotas.

—¡Buenas noches! —grité. La puerta de entrada a la pensión se abrió con un chirrido.

—¡Buenas noches! —me respondieron alegremente desde el interior. Me llegó el olor de la cena. Me volví para mirar hacia fuera, donde ya era noche cerrada.

—Maestro, ya es de noche —murmuré—. Vuelva pronto, maestro. Ha oscurecido. No me importa que siga pensando en su esposa. Vuelva conmigo y beberemos juntos.

La rabia que sentía momentos antes se había esfumado por completo.

—Podemos ser amigos y compartir una copa o una taza de té de vez en cuando. Es lo único que necesito. Vuelva pronto —repetí en voz baja, escrutando la oscuridad. Creí atisbar la silueta del maestro entre las tinieblas, fuera de la pensión, pero lo que me había parecido una figura humana solo era oscuridad.

—Vuelva pronto, maestro —seguí susurrando.

En la isla
SEGUNDA PARTE

—¿Has visto cómo flota el pulpo, Tsukiko? —me dijo el maestro, señalando con el dedo. Yo asentí.

Lo que estábamos comiendo se podría considerar una *fondue* de pulpo. Cortábamos el pulpo en rodajas muy finas, lo metíamos en un cazo con agua hirviendo y, cuando emergía a la superficie, lo pescábamos rápidamente con los palillos. Antes de comerlo, lo mojábamos en una salsa de naranjas amargas. El sabor dulzón del pulpo se mezclaba en la boca con la naranja amarga y dejaba un regusto muy especial.

—Cuando lo metes en agua hirviendo, la carne transparente del pulpo se vuelve blanca —me explicó el maestro, en el mismo tono reposado que utilizaba en la taberna de Satoru.

—Sí, se vuelve blanco —corroboré. Me sentía insegura y desorientada, no sabía si sonreír o guardar silencio.

—Pero justo antes de volverse blanco adopta un ligero tono rosado. ¿Lo ves?

—Sí —respondí con un hilo de voz. El maestro me dirigió una sonrisa y cogió tres rodajas de pulpo a la vez.

—Hoy estás muy callada, Tsukiko.

El maestro había tardado mucho en volver. Los alaridos de las gaviotas habían cesado y la oscuridad era absoluta. En realidad ni siquiera sé si tardó mucho o si solo pasaron cinco minutos. Me quedé de pie en el vestíbulo de la pensión, esperándolo, hasta que oí el leve ruido de sus pisadas, que avanzaban firmes en la noche.

—¡Maestro! —exclamé.

—Ya estoy aquí, Tsukiko —me saludó.

—Hola —le respondí yo, y entramos juntos en la pensión.

—Estas orejas marinas están deliciosas —dijo el maestro con admiración, mientras bajaba el fuego del cazo. Nos habían traído un plato con cuatro conchas. Dentro de cada concha había una oreja marina cruda.

—Pruébalas, Tsukiko.

El maestro mojó una oreja marina en salsa de soja con *wasabi* y la masticó lentamente. Su boca era la de un anciano. Probé una oreja marina y pensé que yo todavía tenía la boca de una persona joven. En ese instante, deseé con todas mis fuerzas tener también boca de anciana.

Nos sirvieron un plato tras otro: *fondue* de pulpo, orejas marinas, marisco, lenguado, cangrejo hervido y langosta frita. Después del lenguado, el maestro empezó a comer más despacio y a beber a pequeños sorbos. Yo engullía rápidamente todo lo que nos traían y me servía sake sin apenas despegar los labios.

—¿Te gusta, Tsukiko? —me preguntó el maestro en tono cariñoso, como si fuera mi abuelo y disfrutara viéndome comer.

—Mucho —respondí con brusquedad—. Está todo muy rico —añadí, para intentar suavizar mi respuesta anterior.

Cuando nos llegó el olor a verduras cocidas, tanto el maestro como yo estábamos llenos. Rechazamos el plato que nos servían y aceptamos solo un tazón de sopa de miso, que estaba hecha con un delicioso caldo de pescado. Entre los dos nos acabamos el sake que había sobrado.

—¿Vamos?

El maestro cogió la llave de la habitación y se levantó. Yo también me levanté, pero el sake me había subido a la cabeza y las piernas me pesaban. Eché a andar a paso vacilante, pero perdí el equilibrio y tuve que apoyar la mano en el tatami para no caerme de bruces al suelo.

—¡Cuidado! —dijo el maestro, mirándome desde arriba.

—¡No intente sermonearme y ayúdeme! —grité. Él se echó a reír.

—Por fin vuelves a ser la misma de siempre —suspiró mientras me tendía una mano. Me ayudó a subir las escaleras y nos detuvimos a medio pasillo, frente a su habitación. Introdujo la llave en la cerradura, que giró con un chasquido. Yo me quedé en el pasillo, tambaleándome detrás de él.

—Dicen que el balneario de esta pensión está muy bien, Tsukiko —me dijo el maestro volviéndose hacia mí.

—Vale —repuse en un tono distraído. Las piernas me flaqueaban.

—¿Por qué no vas a bañarte y descansas un rato?

—Vale.

—Te vendrá bien despejarte.

—Vale.

—Si cuando salgas del balneario todavía no es de noche, ven a mi habitación.

Abrí la boca para responderle con otro «vale», pero reaccioné a tiempo.

—¿Eh? —exclamé, sorprendida—. ¿A qué se refiere?

—A nada en concreto —repuso el maestro. Acto seguido, entró en la habitación y cerró la puerta delante de mis narices. Me quedé plantada en el pasillo. Todavía me sentía mareada. Con la cabeza nublada, empecé a reflexionar sobre las palabras del maestro. «Ven a mi habitación», había dicho. Estaba segura de haberlo oído bien, pero... ¿qué haríamos en su habitación? Estaba claro que no íbamos a jugar a las cartas. A lo mejor quería seguir bebiendo. También era probable que, una vez allí, me propusiera recitar poesías.

—No te hagas ilusiones, Tsukiko —me dije a mí misma mientras me dirigía a mi dormitorio. Abrí con la llave y encendí la luz. Me habían preparado un futón individual. Mi maleta estaba arrinconada en un hueco de la habitación.

Mientras me desnudaba y me ponía un kimono de verano para ir al balneario, me repetí varias veces:

—No te hagas ilusiones... No te hagas ilusiones.

Las aguas termales me ablandaron la piel. Me lavé el pelo, entré y salí unas cuantas veces de la piscina de agua caliente y, al final, me sequé el pelo a conciencia con el secador del vestuario. Había estado una hora en el balneario, pero me había parecido mucho menos.

Cuando volví a la habitación, abrí la ventana para dejar entrar la brisa nocturna. El murmullo de las olas se oía más cerca. Estuve un rato apoyada en el alféizar.

Intenté recordar cuándo el maestro y yo empezamos a hacernos amigos. Al principio era solo un conocido, un anciano que había sido mi profesor en el instituto. Aparte de las escasas palabras que intercambiábamos, apenas me fijaba en él. Era una vaga presencia que bebía en silencio en la barra, sentado a mi lado. Lo único que me llamó la atención desde el primer momento fue su voz. No era muy grave, pero tenía un matiz profundo y vibrante. Al oír aquella voz, me fijé en el hombre del que procedía.

En algún momento, más adelante, al sentarme a su lado empecé a notar la calidez que desprendía. Su presencia dulce y afectuosa se filtraba a través de la tela de su camisa almidonada. Era caballeroso y tierno a la vez. Nunca he sido capaz de describir la presencia que irradiaba el maestro. Cuando intentaba capturarla, se esfumaba para aparecer de nuevo en otra ocasión.

Me preguntaba si aquella presencia se convertiría en algo palpable en el caso de que el maestro y yo nos acostáramos juntos. Pero su misteriosa presencia siempre se me acababa escurriendo de las manos.

Una polilla entró atraída por la luz y dio una vuelta alrededor de la habitación. Tiré de la cadenita de la pequeña lámpara naranja y la apagué. La polilla se quedó revoloteando desorientada, hasta que salió por la ventana. Aguardé unos instantes, pero no volvió.

Cerré la ventana y me apreté el cinturón del kimono. Me pinté con un pintalabios discreto y cogí un pañuelo. Intentando no hacer ruido, abrí la puerta de mi habitación y salí. Las lámparas del pasillo estaban cubiertas de polillas. Antes de llamar a la puerta del maestro, hice una profunda inspiración. Me froté el labio superior con el inferior, me alisé el pelo con la palma de la mano y cogí aire de nuevo.

—Maestro —llamé.

—Está abierto —me respondió desde dentro. Hice girar suavemente el pomo de la puerta.

El maestro estaba bebiendo cerveza con los codos apoyados en la mesita.

—¿No tiene sake? —le pregunté.

—Sí, en la nevera hay, pero no me apetecía —me dijo mientras inclinaba la botella de cerveza y llenaba el vaso. Se formó una capa de espuma perfecta. Encima de la nevera había una bandeja con un vaso boca abajo. Lo cogí y se lo tendí al maestro. Sonriendo, vertió un poco de cerveza y obtuvo una capa de espuma idéntica a la suya. Encima de la mesa quedaban unos cuantos triángulos de queso.

—¿Lo ha traído usted? —pregunté. Él asintió—. Es un hombre precavido.

—Se me ocurrió meterlo en el maletín cuando iba a salir de casa.

Era una noche tranquila. A través del cristal de la ventana se oía el lejano murmullo de las olas. El maestro abrió dos botellas de cerveza. El ruido metálico del abridor resonó en la habitación. Vaciamos las botellas y nos quedamos callados. El ruido del oleaje llenaba el silencio.

—Qué tranquilidad —comenté. El maestro asintió.

—Tienes razón —dijo al cabo de un rato. Yo asentí.

Los trozos de papel de plata que envolvían el queso estaban encima de la mesa, arrugados. Los junté todos e hice una bola. Recordé que cuando era pequeña me gustaba hacer grandes bolas con el papel plateado que envolvía las tabletas de chocolate. Arrugaba cuidadosamente los envoltorios y los pegaba unos con otros. De vez en cuando me salía un envoltorio dorado, que guardaba en el cajón de mi pupitre para hacer una estrella y colgarla en el árbol de Navidad. Pero cuando llegaba la Navidad, los envoltorios dorados estaban aplastados bajo una montaña de libretas y utensilios del colegio, y ya no podía utilizarlos.

—Qué tranquilidad —dijimos el maestro y yo al unísono. Él se incorporó en su cojín. Yo hice otro tanto. Cogí la bolita de papel de plata y me puse a juguetear con ella. Estábamos cara a cara. El maestro abrió la boca para decir algo, pero no salió ningún sonido. Las arrugas que tenía en las comisuras de la boca revelaban su edad. Parecía aún mayor que cuando masticaba las orejas marinas durante la comida. Ambos apartamos la mirada simultáneamente. El murmullo de las olas era incesante.

—¿Vamos a dormir? —sugirió tranquilamente.

—Sí —acepté. ¿Qué otra respuesta podía darle? Me levanté, cerré la puerta detrás de mí y fui a mi habitación. Cada vez había más polillas en las lámparas del pasillo.

Me desperté a medianoche.

Me dolía la cabeza. Estaba sola en la habitación. Intenté evocar la presencia escurridiza del maestro, pero no lo conseguí.

Una vez despierta no podía volver a conciliar el sueño. Oía el tictac del reloj de pulsera que había guardado bajo la almohada. A veces sonaba muy cerca y, según cómo, me parecía oírlo más lejos. Era curioso, puesto que no se movía de sitio.

Me quedé inmóvil durante un rato. Entonces, deslicé la mano por debajo del kimono y me palpé los pechos. No eran ni blandos ni duros. Seguí recorriendo mi cuerpo hasta acariciarme el vientre. Era bastante liso. Bajé la mano un poco más y la deposité a la altura del pubis. No tenía ninguna gracia acariciarme para pasar el rato. Me pregunté si me gustaría que el maestro me tocara a propósito, pero no conseguí imaginármelo. Permanecí tumbada durante una media hora. Creía que el murmullo lejano de las olas me ayudaría a conciliar el sueño, pero no podía dormir. Quizá el maestro también estaba despierto en la oscuridad.

Aquella idea fue tomando forma en mi mente, hasta que empecé a imaginar que el maestro me estaba llamando desde la habitación contigua. Los temores nocturnos son como bolas de nieve, que acaban formando un alud si no se detienen a tiempo. Ya no podía aguantar más. Silenciosamente, abrí la puerta de mi habitación sin encender la luz. Fui a los servicios, que estaban al fondo del pasillo, y oriné. Tenía la esperanza de que mis inquietudes se disiparan, pero no hicieron más que intensificarse.

Regresé a mi habitación, me retoqué con el pintalabios discreto y fui a la habitación del maestro. Pegué la oreja a la puerta y escuché atentamente. Me sentí como un delincuente. Al otro lado de la puerta no se oía la respiración acompasada de alguien que está durmiendo, sino algo distinto. Agucé el oído y me pareció que aquel extraño ruido aumentaba de volumen.

—Maestro —susurré—. Maestro, ¿qué ocurre? ¿Está bien? ¿Hay algo que le preocupa? ¿Quiere que entre?

Abrí la puerta sin llamar. La luz que había en la habitación me deslumbró.

—No te quedes en la puerta, Tsukiko. Adelante —me invitó el maestro, haciéndome señas con la mano. Abrí los ojos, que se me acostumbraron enseguida a la luz. El maestro estaba escribiendo. Tenía la mesa llena de papeles.

—¿Qué escribe? —le pregunté. Cogió uno de los papeles de la mesita y me lo enseñó. «La carne del pulpo / tiene un tono rosado», leí.

—Solo me falta el último verso del haiku —me explicó, dirigiéndome una mirada grave—. ¿Qué podría venir a continuación de «tiene un tono rosado»?

Me senté en un cojín. Mientras yo no podía dejar de pensar en él, el maestro ocupaba su tiempo pensando en pulpos.

—Maestro —musité. Él levantó la cabeza, imperturbable. En uno de los papeles que cubrían la mesita había dibujado un pulpo espantoso. Para colmo, llevaba una cinta en la frente, alrededor de la cabeza.

—¿Qué pasa, Tsukiko?

—Maestro, es que...

—Dime.

—Bueno, pues...

—¿Sí?

—Maestro.

—¿Qué quieres decirme exactamente, Tsukiko?

—¿Qué le parecería algo como «el ruido sordo del oleaje»?

No me atreví a abordar directamente el meollo del asunto, tal vez porque no sabía si lo que había entre el maestro y yo tenía algún meollo.

—«La carne del pulpo / tiene un tono rosado. / El ruido sordo del oleaje». ¿Era eso? Veamos...

El maestro no había notado el tono apurado de mi respuesta, o quizá lo había ignorado aposta. Escribió el haiku en una hoja mientras lo recitaba en voz baja.

—Me gusta. Tienes mucha sensibilidad, Tsukiko.

—Gracias —repuse con un hilo de voz. Saqué el pañuelo de papel y me quité el pintalabios con disimulo. Mientras, él seguía murmurando y retocando el haiku.

—¿Qué te parece esto, Tsukiko? «Las olas susurran. / La carne del pulpo / tiene un tono rosado».

¿Que qué me parecía? Despegué los labios, que habían recuperado su palidez habitual, y dejé escapar un «bueno» desabrido. El maestro escribió su variación del haiku. Se lo estaba pasando en grande. Movía la cabeza en señal de asentimiento o la sacudía cuando no estaba conforme.

—Me recuerda a Basho —observó. Yo ya no tenía fuerzas para responder. Solo fui capaz de mover la cabeza de arriba abajo—. Basho es el autor de un haiku que dice: «Se oscurece el mar. / Las voces de los patos / son vagamente blancas» —me aleccionó el maestro en mitad de la noche, sin dejar de escribir—. Se podría decir que el haiku que hemos escrito entre tú y yo, Tsukiko, está inspirado en el estilo de Basho. Tiene una rima irregular y llamativa. No podríamos decir «Se oscurecen las olas / son vagamente blancas / las voces de los patos». En ese caso, el verso «son vagamente blancas» podría referirse tanto a las olas como a las voces de los patos. Colocando el verso «son vagamente blancas» al final, el haiku gana mucha vitalidad. ¿Está claro? Lo entiendes, ¿verdad? ¿Por qué no intentas escribir uno, Tsukiko?

Puesto que no tenía nada mejor que hacer, me senté al lado del maestro y me puse a escribir. ¿Cómo habíamos llegado a aquella situación? Ya eran más de las dos de la madrugada. Y ahí estaba yo, sin saber cómo, contando sílabas con los dedos y escribiendo poemas mediocres como: «Al atardecer / una polilla en la luz. / Parece triste».

Escribía llena de indignación. Era la primera vez en mi vida que lo intentaba, pero los versos me salían sin pensar. Escribí diez, doce, veinte poemas. Al final estaba tan cansada, que apoyé la cabeza en el futón del maestro y me tumbé encima del tatami. Cuando se me cerraron los párpados, no fui capaz de volver a abrirlos. En vez de despertarme, el maestro me acomodó en el futón y me dejó dormir. No recuerdo nada más. Solo sé que, al despertar, oí el murmullo de las olas y vi la luz que inundaba la habitación a través de una rendija de la cortina.

Sentí una sensación de asfixia y giré la cabeza. El maestro estaba durmiendo a mi lado. Yo tenía la cabeza apoyada en su brazo. Ahogué un grito y me levanté precipitadamente. Salí corriendo hacia mi habitación, con la mente en blanco. Me dejé caer en el futón, me levanté de un salto, di un par de vueltas por la habitación, abrí y cerré las cortinas, me tumbé en el futón, tiré del edredón hasta cubrirme la cabeza, me levanté por segunda vez y regresé a la habitación del maestro sin pensar. Las cortinas estaban cerradas y el maestro se hallaba tumbado en la penumbra, esperándome con los ojos abiertos.

—Ven, Tsukiko —me dijo tiernamente, echando el edredón hacia atrás.

—Vale —susurré. Me tumbé a su lado y lo sentí muy cerca.

—Maestro —musité, hundiendo la cabeza en su pecho. Él besó mi pelo una y otra vez. Me acarició los pechos, al principio por encima del kimono y luego por debajo.

—Tienes unos pechos muy bonitos —me dijo en el mismo tono que había usado la noche anterior para analizar el poema de Basho. Solté una risa ahogada, y él también rio—. Son muy bonitos. Eres encantadora, Tsukiko —añadió, mientras me acariciaba el pelo una y otra vez. Los ojos se me cerraban de sueño.

—Me quedaré dormida, maestro —le advertí.

—Pues vamos a dormir, Tsukiko —me respondió.

—Es que no quiero dormir —murmuré, incapaz de abrir los párpados. Era como si la mano del maestro provocara un efecto somnífero en mí. Quería decirle que no me dejara dormir y pedirle que me abrazara, pero la lengua me pesaba demasiado y solo conseguí farfullar—: No quiero... dormir. No quiero. No.

Al cabo de un rato, dejó de acariciarme y empezó a respirar de forma acompasada.

—Maestro —lo llamé, reuniendo mis últimas energías.

—Tsukiko —susurró.

Cuando estaba a punto de dormirme, oí los gritos de las gaviotas que sobrevolaban el mar. Ni siquiera fui capaz de abrir la boca para decirle al maestro que no se durmiera. Arropada entre sus brazos, caía en un profundo abismo. Estaba desesperada. Me sentía arrastrada hacia un sueño que estaba muy lejos del sueño del maestro. Las gaviotas graznaban bajo las primeras luces del alba.

Marea baja. Un sueño

Oí un susurro en el exterior y abrí la ventana. Era un alcanforero. Parecía estar diciendo «¡Ven, ven!». O tal vez: «¿Quién eres?». Asomé la cabeza a la ventana y contemplé la escena. Una bandada de pajaritos revoloteaba entre las ramas del árbol. Volaban tan deprisa que no podía identificarlos. Sabía dónde estaban porque las hojas se movían a su paso.

Recordé que, en cierta ocasión, también había visto pájaros en los cerezos del jardín del maestro. Aquella noche oí un aleteo que cesó de repente. Los pajaritos del alcanforero no dejaban de batir las alas ni por un momento. Cada vez que se movían, el árbol susurraba como si los invitara a acercarse.

Llevaba un tiempo sin ver al maestro. Seguía yendo a la taberna de Satoru, pero no lo veía sentado a la barra como de costumbre.

Mientras los pájaros agitaban las ramas del alcanforero y el árbol susurraba «¡Ven, ven!», decidí que aquella noche iría a la taberna de Satoru. La temporada de las habas había terminado, pero seguro que habría brotes de soja verde. Los pajaritos seguían aleteando entre el follaje.

—Tofu frío, por favor —pedí, y me senté en uno de los extremos de la barra. El maestro no estaba. Recorrí la taberna con la mirada, pero tampoco estaba en las mesas. Pedí una cerveza. Cuando llegó la hora del sake, el maestro aún no había aparecido. Se me ocurrió ir a su casa, pero me pareció una intrusión en toda regla. Ensimismada en mis pensamientos, bebí un vaso de sake tras otro hasta que tuve sueño.

Fui al servicio. Mientras estaba sentada, miré al exterior a través de un ventanuco. Me acordé de un poema que hablaba de lo triste que era ver el cielo azul desde la taza de un váter. En efecto, aquella ventana me hizo sentir triste.

Cuando al fin había decidido que iría a visitar al maestro a su casa, salí del servicio y ahí estaba. Había un taburete libre entre él y yo. Estaba sentado con la espalda tan recta como siempre.

—Aquí tiene su tofu frío.

El maestro cogió el tazón que Satoru le tendía por encima de la barra y alñó el tofu cuidadosamente con salsa de soja. Cogió un trocito con los palillos y se lo llevó a la boca.

—Delicioso —dijo, volviéndose hacia mí. Me dirigió la palabra sin haberme saludado, como si reanudara una conversación que habíamos dejado a medias.

—Lo he probado antes —respondí. El maestro asintió.

—El tofu es un alimento delicioso.

—Sí.

—Me gusta hervido, frío, cocido y frito, se puede comer de mil formas diferentes —dijo de un tirón. Luego se llevó el vaso a los labios.

—¿Le apetecen unas copas, maestro? Llevábamos mucho tiempo sin vernos —dije, y le rellené el vaso.

—Vamos a beber, Tsukiko —aceptó.

Aquella noche bebimos mucho. Bebimos como nunca.

¿Qué eran aquellas agujas que se divisaban en el horizonte? ¿Eran barquitas navegando hacia mar abierto?

El maestro y yo nos quedamos mirando fijamente las barquitas. Al cabo de un rato noté que se me secaban los ojos y desvié la mirada, pero el maestro no apartaba la vista del mar.

—¿No tiene calor, maestro? —le pregunté. Negó sacudiendo la cabeza.

Me pregunté dónde estábamos. Habíamos estado bebiendo sake. Ni siquiera recordaba cuántas botellas habíamos tomado.

—Son almejas —murmuró el maestro. Apartó la mirada del horizonte y la depositó en la playa. En la arena había mucha gente que aprovechaba la marea baja para recoger marisco.

—Ya no es época de recoger marisco, pero parece que aquí todavía se puede encontrar —añadió.

—¿Dónde estamos, maestro? —le pregunté.

—Otra vez aquí —me respondió.

—¿Otra vez? —repetí.

—Otra vez —afirmó—. Vengo aquí de vez en cuando. Me gustan más los berberechos que las almejas.

Quería preguntarle dónde estaba ese lugar donde venía de vez en cuando, pero él siguió hablando antes de que pudiera formular la pregunta.

—Yo prefiero las almejas —le respondí, dejándome llevar. Las aves marinas graznaban y sobrevolaban la playa. Con mucho cuidado, el maestro dejó encima de una roca el vaso de sake que tenía en la mano. Estaba lleno hasta la mitad.

—Bebe si quieres, Tsukiko —me dijo. Me miré la mano y me di cuenta de que yo también tenía un vaso de sake. Estaba casi vacío.

—Cuando hayas terminado, ¿podré utilizarlo como cenicero?

Apuré el vaso de un trago.

—Gracias.

El maestro cogió el vaso y tiró la ceniza del cigarrillo que se estaba fumando. Las nubes vaporosas recorrían el cielo. De vez en cuando, las voces de los niños nos llegaban desde la playa. «¡He encontrado uno enorme!», decían.

—¿Dónde estamos?

—No lo sé —repuso el maestro mirando al mar.

—¿Hemos salido de la taberna de Satoru?

—Puede que no.

—¿Cómo?

Mi voz sonó tan estridente, que me sorprendí a mí misma. El maestro seguía contemplando el mar, absorto. La brisa era húmeda y salada.

—A veces vengo aquí, pero es la primera vez que vengo acompañado —dijo con una amplia sonrisa—. O quizá solo me lo parece.

El sol brillaba intensamente. Las aves marinas alborotaban en el cielo. Parecían estar diciendo: «¡Ven, ven!». Sin saber cómo, en mi mano había aparecido otro vaso de sake. Estaba lleno. Lo apuré de un trago, pero no noté los efectos del alcohol.

—Así es este lugar —murmuró el maestro para sí—. Vuelvo enseguida —anunció, y los contornos de su silueta empezaron a difuminarse.

—¿Qué ocurre? —inquirí. Su cara adoptó una expresión triste.

—No te preocupes, volveré —me aseguró. Acto seguido, desapareció sin dejar rastro. El cigarrillo que se había fumado también se desvaneció. Recorrí andando unos cuantos metros en todas direcciones, pero no lo encontré. Lo busqué entre las rocas, pero tampoco estaba. Resignada, me senté encima de una roca. Bebí el sake de un trago. Dejé el vaso vacío en la piedra y desapareció en cuanto aparté la vista, del mismo modo que el maestro se había esfumado. Así era aquel lugar. En mi mano iban apareciendo vasos de sake. Yo bebía con la mirada perdida en el horizonte.

Tal y como había prometido, el maestro volvió.

—¿Cuántos vasos llevas ya? —me preguntó, mientras se me acercaba por detrás.

—Ni idea.

Estaba un poco borracha. El alcohol siempre hacía efecto, incluso en un lugar como aquel.

—Ya estoy aquí —dijo el maestro con brusquedad.

—¿Ha vuelto a la taberna de Satoru? —le pregunté. Sacudió la cabeza.

—He vuelto a casa.

—Ah. Ha sido muy rápido.

—Aunque parezca mentira, los borrachos somos criaturas muy caseras —anunció el maestro con aire solemne. Me eché a reír y derramé todo el sake encima de la roca.

—¿Me pasas el vaso vacío, por favor?

El maestro estaba fumando, como antes. En la taberna no fumaba casi nunca, pero en aquel lugar siempre tenía un cigarrillo encendido entre los dedos. Echó la ceniza en el vaso.

La mayoría de la gente que estaba en la playa llevaba sombrero. Recogían marisco en cuclillas y todos miraban en la misma dirección. Tenían una pequeña sombra en el trasero.

—¿Por qué lo harán? —preguntó el maestro, aplastando el cigarrillo contra el borde del vaso.

—¿A qué se refiere?

—A eso de recoger marisco.

De repente, el maestro apoyó la cabeza y las manos en la superficie de la roca e hizo el pino. Como la piedra tenía un poco de pendiente, su cuerpo se inclinó. Se tambaleó durante un momento y enseguida recuperó el equilibrio.

—Lo querrán para cenar —aventuré.

—¿Crees que van a comerlo? —preguntó el maestro. Su voz llegaba desde abajo.

—Quizá quieran adoptar un berberecho como animal de compañía.

—¿Un berberecho?

—Cuando era pequeña tenía caracoles.

—Tener caracoles es relativamente normal.

—¿Y qué tiene de raro tener berberechos?

—Los caracoles no son marisco, Tsukiko.

—Es cierto.

El maestro seguía haciendo el pino. Ya no me parecía extraño. Así era aquel lugar. Me acordé de su esposa. No la había conocido, pero me acordaba de ella a través del maestro.

Su mujer era una buena prestidigitadora. Había aprendido a dominar los juegos de manos: desde los más sencillos, que consistían en hacer desaparecer una bolita roja entre los dedos, hasta los más complejos, que se hacían con animales. No actuaba delante de la gente. Practicaba en casa, siempre sola. Muy de vez en cuando le enseñaba al maestro un nuevo truco que había aprendido. Él sospechaba que su mujer dedicaba días enteros a ensayar. También sabía que tenía conejos y palomas encerrados en una jaula, pero los animales que usan los prestidigitadores son más pequeños y tranquilos que los demás, de modo que al maestro no le costó olvidar su presencia en la casa.

Un día, el maestro tuvo que ir al centro de la ciudad a hacer unos recados y vio a una mujer idéntica a su esposa que caminaba en su dirección. Solo se diferenciaban en la ropa y en los gestos. Llevaba un vestido llamativo que le dejaba los hombros al descubierto. Iba del brazo de un hombre barbudo, ataviado con un traje chillón que le daba muy poca credibilidad. La mujer del maestro era un poco caprichosa, pero nunca le había gustado llamar la atención. Por eso el maestro llegó a la conclusión de que no podía ser su esposa, sino una mujer que se le parecía, y apartó la mirada.

La mujer y el hombre barbudo se acercaban rápidamente. El maestro no pudo evitar dirigirles una última mirada. Ella rio. Su risa era idéntica a la de su esposa. Mientras reía, sacó una paloma del bolsillo y la depositó en el hombro del maestro. A continuación, sacó un pequeño conejo del escote y lo colocó en el otro hombro. El conejo se quedó inmóvil, como una estatuilla. El maestro también estaba petrificado. Finalmente, la mujer sacó un mono de debajo de la falda y lo colgó de la espalda del maestro.

—¿Cómo estás, cariño? —dijo tranquilamente.

—¿Eres tú, Sumiyo?

—¡Quieta! —le ordenó la mujer a la paloma, que no dejaba de aletear. No respondió a la pregunta del maestro. La paloma se calmó. El hombre barbudo y la mujer iban cogidos de la mano. El maestro dejó el conejo y la paloma en el suelo, pero no consiguió quitarse el mono de encima. El barbudo rodeó los hombros de la mujer con el brazo y la atrajo hacia sí. Se fueron sin más y dejaron al maestro sin saber qué hacer con el mono.

—Sumiyo era su mujer, ¿no es así? —pregunté. El maestro afirmó con la cabeza.

—Sumiyo era una mujer muy peculiar.

—Ya.

—Se fue hace quince años, y desde entonces se dedicó a deambular por todo el país. Cada vez que se mudaba, me enviaba una postal. Era muy considerada.

El maestro, que estaba haciendo el pino, recuperó su postura habitual y se sentó encima de la piedra. Describía a su mujer como una excéntrica, pero su comportamiento en aquella playa tampoco se podía considerar normal.

—La última postal me llegó hace cinco años y me la envió desde la isla donde estuvimos aquel fin de semana.

En la playa había cada vez más gente. Recogían marisco entusiasmados, de espaldas a nosotros. Los niños gritaban. Sus voces me llegaban a cámara lenta, como si estuviera escuchando una cinta estropeada.

El maestro cerró los ojos y aspiró el humo del cigarrillo que subía desde el vaso cenicero. Era curioso que yo recordara tan bien a su mujer, a quien nunca había conocido, y que fuera incapaz de recordar nada sobre mí misma. Las barquitas que navegaban hacia mar abierto solo eran puntitos luminosos.

—¿Cómo se llama este lugar?

—Es un lugar de paso.

—¿De paso?

—Podríamos llamarlo «frontera».

¿Qué clase de frontera? ¿Por qué el maestro frecuentaba este lugar? Bebí un trago de mi enésimo vaso de sake y contemplé la playa. Veía las siluetas de la gente ligeramente borrosas.

—Teníamos un perro —empezó el maestro. Dejó el vaso vacío en la piedra. Se esfumó sin dejar rastro—.

Cuando nuestro hijo aún era pequeño, teníamos un perro. Era un shiba. Me gustan los perros de raza shiba. Mi mujer prefería los perros cruzados. Una vez le regalaron un perro muy extraño que parecía una mezcla entre un bulldog y un perro salchicha. Vivió bastantes años. Mi mujer le tenía mucho cariño. El shiba lo tuvimos antes. El pobre comió algo que le sentó mal, estuvo enfermo unos días y al final murió. Para mi hijo fue un golpe muy duro. Yo también estaba triste, pero mi mujer no derramó ni una sola lágrima. Estaba enfurecida porque mi hijo y yo nos pasábamos el día lloriqueando.

»Cuando enterramos al perro en el jardín, mi mujer le dijo al niño:

»—No te preocupes, el perro resucitará. Chiro se reencarnará.

»—Pero ¿en qué? —le preguntó mi hijo entre sollozos.

»—En mí.

»—¿Eh? —exclamó el chaval, abriendo los ojos como platos. Yo también me quedé perplejo. ¿De qué diablos estaba hablando? Aquello no tenía ningún sentido, y tampoco serviría para consolar al niño.

»—No digas cosas raras, mamá —le pidió nuestro hijo, algo mosqueado.

»—No son cosas raras —replicó Sumiyo, y entró en casa rápidamente. El día terminó sin más novedades. Al cabo de una semana, mientras estábamos cenando, Sumiyo rompió a ladrar súbitamente.

»—¡Guau! —ladraba con una voz muy estridente, idéntica a la de Chiro. Además de tener un gran talento para los trucos de magia, sabía ladrar exactamente igual que Chiro.

»—Eso es una broma de mal gusto —le advertí, pero no me hizo caso. Siguió ladrando hasta que terminamos de cenar. Tanto mi hijo como yo perdimos el apetito y nos levantamos de la mesa lo antes posible.

»Al día siguiente Sumiyo volvía a ser la misma de siempre, pero mi hijo no había olvidado lo sucedido.

»—Quiero una disculpa, mamá —le exigía, pero ella hacía oídos sordos.

»—Te dije que el perro se reencarnaría en mí. Era Chiro quien estaba dentro de mí —se justificaba. Mi hijo estaba cada vez más enfadado y ninguno de los dos parecía dispuesto a ceder. A partir de aquel día empezaron a distanciarse. Cuando acabó el instituto, nuestro hijo se matriculó en una universidad lejos de la ciudad y se alojó en una residencia. Se quedó a trabajar cerca de allí. Ni siquiera cuando nacieron nuestros nietos recuperamos el contacto.

»—¿Acaso no quieres a tus nietos? ¿No te gustaría verlos más? —le preguntaba yo a Sumiyo.

»—No —me respondía ella.

»Hasta que, un buen día, se fue.

—¿Y dónde estamos ahora? —pregunté otra vez. No obtuve respuesta. Quizá Sumiyo odiaba la muerte, o no le gustaba la tristeza que provoca—. Maestro —dije—. Quería mucho a Sumiyo, ¿verdad?

El maestro gruñó y me miró.

—La quisiera o no, era una mujer muy egoísta.

—Es verdad.

—Era caprichosa, egoísta y lunática.

—Todo eso significa más o menos lo mismo.

—Sí, todo es lo mismo.

La playa quedó oculta tras un denso manto de niebla. El maestro y yo estábamos solos, de pie y con un vaso de sake en la mano, en aquel lugar donde no había nada más que aire.

—¿Dónde estamos?

—¿Dónde? Aquí.

De vez en cuando, las voces de los niños nos llegaban desde la playa, lentas y distorsionadas.

—Sumiyo y yo éramos muy jóvenes.

—Usted sigue siendo joven.

—Pero no como antes.

—He bebido demasiado, maestro.

—¿Quieres bajar a la playa y recoger almejas?

—Las almejas no se comen crudas.

—Podemos encender una hoguera y asarlas.

—¿Asarlas?

—Sería demasiado complicado, ¿verdad?

Oí un ruido en el exterior. El alcanforero susurraba junto a mi ventana. Me gustaba aquella época del año. Llovía con facilidad, pero la lluvia mojaba las hojas del alcanforero y les arrancaba un brillo deslumbrante. El maestro fumaba, absorto en sus pensamientos. Movió los labios y me pareció que articulaba algo como «esto es la frontera», pero en realidad no emitió ningún sonido.

—¿Cuándo empezó a venir aquí? —le pregunté.

—Cuando tenía más o menos tu edad. Sentía la necesidad de venir —me respondió con una sonrisa.

—¿Por qué no volvemos a la taberna de Satoru? No quiero quedarme en este lugar tan extraño. ¡Vayámonos de aquí! —le supliqué.

—¿Y cómo vamos a salir? —me preguntó el maestro.

De la playa nos llegaba una algarabía de voces. El alcanforero seguía susurrando. El maestro y yo permanecimos de pie, con sendos vasos de sake en la mano, sumidos en un profundo sopor. Las hojas del alcanforero susurraban: «¡Ven! ¡Ven!».

Los grillos

Llevaba mucho tiempo sin ver al maestro.

La visita a aquel lugar extraño no tuvo nada que ver con nuestro distanciamiento. Había decidido esquivarlo a propósito.

Evitaba acercarme a la taberna de Satoru. Renuncié a mi paseo vespertino los fines de semana. En vez de ir al mercado viejo del centro de la ciudad, hacía la compra en un gran supermercado situado frente a la estación. Tampoco me detenía en la librería de segunda mano ni en las otras dos librerías del barrio. Sabía que, si tomaba aquellas pequeñas precauciones, no me cruzaría con el maestro. Así de sencillo.

Era tan sencillo que si seguía así no volvería a ver al maestro nunca más. Y si no volvía a verlo, acabaría olvidándolo.

—Cada uno recoge lo que ha sembrado —solía decir mi difunta tía abuela. A pesar de su avanzada edad era mucho más liberal que mi madre. Cuando murió su marido estuvo saliendo con varios hombres que la llevaban de excursión en coche, a comer o a jugar al críquet.

—En eso consiste el amor —repetía la mujer—. Cuando tienes un gran amor, debes cuidarlo como si fuera una planta. Debes abonarlo y protegerlo de la nieve. Es muy importante tratarlo con esmero. Si el amor es pequeño, deja que se marchite hasta que muera.

Mi tía abuela no se cansaba de recordarnos a todos su consejo, como si de un dogma se tratara.

Según ese método, si no veía al maestro durante una temporada larga, lo que sentía por él acabaría marchitándose. Por eso hacía todo lo posible por evitar el encuentro.

Si salía de mi casa, caminaba por la calle principal, tomaba la calle que llevaba al barrio residencial y seguía el río durante unos cien metros, llegaría a casa del maestro. Vivía en el tercer edificio de un callejón perpendicular al río, que se desbordaba con mucha facilidad. Hasta hace unos treinta años, cada vez que un tifón azotaba la región se inundaban los bajos de las casas. En la época del gran crecimiento económico se puso en marcha un proyecto de reparación a gran escala de los lechos de los ríos, que se ampliaron y rodearon de muros de cemento excavados a gran profundidad.

Pero antes de las obras la corriente era tan violenta que costaba distinguir si el agua era turbia o cristalina. Era muy fácil acceder al río, de modo que era un buen reclamo para los suicidas. Además, había oído decir que, una vez saltabas, era imposible que te rescataran con vida.

Los sábados y domingos tenía la costumbre de ir paseando junto al río hasta el mercado de la estación. Pero cuando empecé a esquivar al maestro tuve que renunciar a esos paseos y perdí una de mis distracciones del fin de semana.

Cogía el tren para ir al cine o al centro a comprarme ropa y zapatos.

Pero no me sentía cómoda. Me costaba mucho aguantar el olor a palomitas que impregnaba las salas de los cines los fines de semana, el ambiente fresco pero viciado de los grandes almacenes en las tardes de verano y el murmullo de voces que rodeaba la caja registradora de las grandes librerías. Tenía la sensación de que me faltaba el aire.

Hacía escapadas de fin de semana en solitario. Me compré un libro titulado *Viajar sin rumbo. Balnearios de los alrededores*. Y así, sin rumbo, visité varios lugares. Antes se consideraba sospechoso que una mujer viajara sola, pero los tiempos han cambiado. Los empleados del hotel me acompañaban amablemente a mi dormitorio, me enseñaban amablemente el comedor y la sala de baños y me decían amablemente a qué hora tenía que dejar la habitación. Una vez me había instalado, me bañaba, cenaba, me bañaba otra vez y me quedaba sin saber qué hacer. Iba a dormir, al día siguiente desalojaba la habitación y daba el viaje por terminado.

¿Por qué no conseguía sentirme a gusto conmigo misma si estaba acostumbrada a estar sola?

Pronto me cansé de viajar sin rumbo. Como tampoco podía salir a pasear junto al río, al atardecer me quedaba en casa, holgazaneando y preguntándome si mi vida estaba siendo tan agradable como creía.

Divertida. Dolorosa. Agradable. Dulce. Amarga. Salada. Cosquillosa. Picante. Fría. Caliente. Tibia.

¿Qué clase de vida había llevado hasta entonces?

Mientras estaba tumbada, ensimismada en mis pensamientos, los párpados empezaron a pesarme. Me recosté en la almohada doblada en dos y me quedé dormida. La ligera brisa que entraba a través de la tela metálica de la ventana me acariciaba el cuerpo. A lo lejos oía el canto de los grillos.

A medio camino entre el sueño y la vigilia, en ese sopor en que uno no sabe si está soñando o divagando, me pregunté por qué estaba esquivando al maestro. Soñé que andaba por un camino blanco y polvoriento. Avanzaba buscando al maestro, mientras los grillos cantaban desde algún lugar, por encima de mí.

Pero no encontraba al maestro.

De repente, recordé que había decidido encerrarlo en una caja. Lo había envuelto en un paño de seda y lo había guardado en un rincón del armario empotrado de madera de paulonia.

El armario era demasiado grande para recuperarlo. El envoltorio de seda era tan fresco, que el maestro no quería salir de ahí. El interior de la caja era oscuro, para que pudiera dormir tranquilo. Mientras pensaba en el maestro acostado dentro de la caja, con los ojos abiertos, seguía caminando sin descanso por el camino blanco. Los grillos enloquecidos cantaban por encima de mi cabeza.

Un día, después de mucho tiempo, quedé con Takashi Kojima, que había estado de viaje de negocios durante un mes. Me dio un cascanueces metálico muy pesado y me dijo que era un regalo.

—¿Dónde has estado? —le pregunté mientras jugueteaba con el cascanueces.

—Por ahí, en el oeste de América —me respondió.

—¿Cómo que por ahí? —inquirí riendo. Takashi también rio.

—Es una ciudad que no conoces, cielo.

Fingí no darme por aludida con aquello de «cielo».

—¿Y qué has estado haciendo en esa ciudad que no conozco?

—Trabajando.

Tenía los brazos bronceados.

—El sol americano te ha sentado bien —observé. Takashi afirmó con la cabeza.

—Bien mirado, el sol americano y el sol japonés son un único sol.

Mientras abría y cerraba el cascanueces, contemplaba distraídamente los brazos de Takashi Kojima. Solo hay un sol. Me dejé llevar por la belleza de aquellas palabras y estuve a punto de ponerme sentimental, pero pude contener a tiempo mis sentimientos.

—¿Sabes qué? —empecé.

—¿Qué?

—Este verano he estado viajando.

—¿De veras?

—Sin rumbo fijo. De un lado a otro.

—¡Qué lujo! Qué envidia me das —exclamó Takashi.

—Un auténtico lujo —le respondí.

El cascanueces brillaba pobremente bajo la suave luz del Bar Maeda. Takashi Kojima y yo tomamos dos vasos de Bourbon con soda cada uno. Pagamos la cuenta y subimos las escaleras del bar. En cuanto pisamos la calle, nos dimos un apretón de manos formal y un beso también formal.

—Te veo distraída —observó Takashi.

—Es que llevo tiempo viajando sin rumbo —repliqué. Él arrugó la frente.

—¿A qué te refieres, cielo?

—Eso de «cielo» no va conmigo.

—Yo creo que sí —insistió Takashi.

—Pues a mí me parece que no —repetí. Takashi rio.

—El verano ya se acaba.

—Sí, ya se acaba.

Entonces, nos estrechamos las manos de nuevo y nos despedimos.

—¡Cuánto tiempo sin verte, Tsukiko! —me saludó Satoru.

Eran más de las diez. Satoru estaba a punto de cerrar. Llevaba dos meses sin aparecer por allí. Había ido a la fiesta de despedida de uno de mis jefes, que estaba a punto de jubilarse. Había bebido más de la cuenta y me envalentoné. Pensé que después de dos meses ya lo habría superado.

—Sí, ha pasado mucho tiempo —respondí, con la voz más aguda que de costumbre.

—¿Qué tomarás? —me preguntó Satoru, levantando la vista de la tabla de cortar.

—Una botella de sake frío y unos brotes de soja verde.

—Marchando —dijo Satoru, y agachó de nuevo la cabeza.

La barra estaba vacía. En una de las mesas había un hombre y una mujer sentados frente a frente, en silencio. No había nadie más.

Bebí un sorbo de sake. Satoru no me dijo nada. La radio anunciaba los resultados de los partidos de béisbol.

—Los Giants han dado la vuelta al marcador en el último momento —murmuró el tabernero, hablando consigo mismo. Recorrí con la mirada el interior del local. En un paragüero había unos cuantos paraguas olvidados. Últimamente no había llovido.

De repente, oí un cricrí procedente del suelo. Al principio pensé que sería la radio, pero parecía el canto de un insecto. El cricrí se prolongó durante un rato más y se interrumpió, pero volvió a empezar casi de inmediato.

—Creo que hay un bicho por aquí —anuncié a Satoru, cuando me sirvió un plato humeante de brotes de soja verde.

—Será un grillo. Ha entrado esta mañana y sigue ahí desde entonces —me respondió el tabernero.

—¿Dentro de la taberna?

—Sí, en el desagüe.

El grillo reanudó su canto, como si quisiera confirmar las palabras de Satoru.

—El maestro me dijo que estaba resfriado. Espero que se encuentre bien.

—¿Eh?

—La semana pasada vino un par de días, por la tarde. Tenía mucha tos. Desde entonces no he vuelto a verlo —me informó Satoru. El cuchillo de cortar golpeaba la tabla y producía un ruido tosco.

—¿No ha venido ni un solo día? —le pregunté. Mi voz sonó demasiado estridente, como si fuera la de otra persona.

—No.

El grillo seguía cantando. Oía mis latidos y el zumbido del torrente sanguíneo circulando por mis venas. Mi corazón latía cada vez más acelerado.

—Espero que se encuentre bien —repitió Satoru, dirigiéndome una mirada interrogante. Evité responderle y guardé silencio.

El grillo cantaba. Al cabo de un rato, se quedó en silencio. Mi corazón seguía latiendo acelerado, y notaba las pulsaciones por todo el cuerpo.

El cuchillo de cocina de Satoru chocaba contra la tabla de cortar. El grillo empezó a cantar de nuevo.

Llamé a la puerta.

Llevaba más de diez minutos dudando frente a la casa del maestro, hasta que por fin decidí llamar.

Había intentado pulsar el timbre, pero el dedo se me quedó paralizado. Rodeé el jardín y traté de asomar la cabeza al balcón, pero la puerta corrediza estaba cerrada. Escuché atentamente y no oí nada. Al dar la vuelta a la casa, me di cuenta de que había luz en la cocina y me sentí más aliviada.

—Maestro —lo llamé desde el otro lado de la puerta. Como era de esperar, no respondió. No había gritado lo suficiente. Lo llamé unas cuantas veces más. Mi voz se perdió en la oscuridad de la noche. Entonces decidí llamar a la puerta.

Oí unos ruidos de pasos que se acercaban por el pasillo.

—¿Quién es? —preguntó una voz ronca.

—Soy yo.

—¿Cómo voy a saber quién es «yo», Tsukiko?

—Pues lo ha sabido.

Mientras hablábamos, el maestro abrió la puerta. Llevaba un pantalón de pijama rayado y una camiseta de manga corta con la inscripción «I ♥ NY».

—¿Qué haces aquí? —me preguntó con voz tranquila.

—Es que...

—No son horas de que una señorita visite a un hombre en su casa.

Seguía siendo el mismo de siempre. En cuanto le vi la cara, las fuerzas me abandonaron y las rodillas me flaquearon.

—¿Cómo que no? Cuando ha bebido, es usted mismo quien me invita a entrar.

—Pero hoy no he bebido suficiente.

Me hablaba con naturalidad, como si nos hubiéramos visto recientemente. Aquellos dos meses que había pasado intentando alejarme de él se borraron de mi memoria.

—Satoru me ha dicho que estaba enfermo.

—Cogí un resfriado, pero ya me encuentro mejor.

—¿Por qué lleva esa camiseta tan rara?

—Me la dio mi nieto.

Nos miramos a los ojos. No se había afeitado. Llevaba una barba de dos días.

—Por cierto, Tsukiko, cuánto tiempo sin vernos.

Intenté aguantarle la mirada. Una amplia sonrisa se dibujó en su rostro. Se la devolví torpemente.

—Maestro.

—Dime, Tsukiko.

—¿Se encuentra bien?

—¿Creías que estaba muerto?

—Reconozco que he llegado a pensarlo.

Soltó una carcajada. Yo también reí, pero la risa se me quedó atascada en la garganta. Quería pedirle al maestro que no volviera a mencionar la muerte. Pero me habría respondido algo como: «La gente muere, Tsukiko. Además, yo ya soy mayor y tengo muchas más probabilidades de morir que tú. Es ley de vida».

La muerte siempre flotaba a nuestro alrededor.

—Entra. ¿Te apetece una taza de té? —me ofreció mientras se adentraba en la casa. En la parte trasera de la camiseta también había una inscripción de «I ♥ NY», pero era más pequeña. Me quité los zapatos murmurando: «I love New York».

—Maestro, ¿por qué lleva un pijama en vez de un camisón? —le pregunté en un susurro mientras lo seguía por el pasillo. Él se volvió.

—¿Tienes alguna queja sobre mi estilo, Tsukiko?

—En absoluto —le aseguré.

—Estupendo —dijo él.

En la casa reinaban el silencio y la humedad. En la sala había un futón extendido. El maestro preparó el té y lo sirvió despacio. Yo intenté beber a pequeños sorbos, para que me durara más.

—Maestro.

—Dime —me respondió, pero yo me quedé callada. Lo intenté un par de veces más, pero cada vez que me respondía guardaba silencio. No sabía qué decir.

Cuando hube terminado mi taza de té, me despedí.

—Que se mejore —le deseé educadamente desde el recibidor, inclinando la cabeza.

—Tsukiko.

En esa ocasión fue él quien me llamó a mí.

—¿Sí? —inquirí yo, levantando la cabeza y mirándolo a los ojos. Tenía las mejillas rasposas y el pelo enmarañado.

—Cuídate —dijo, tras una breve pausa.

—No se preocupe —lo tranquilicé.

El maestro quería acompañarme al recibidor, pero se lo impedí y cerré la puerta yo misma. Era una noche de media luna. El jardín estaba lleno de cantos de insectos.

—No lo sé —murmuré, mientras me alejaba de su casa—. Pero da igual. No importa si es amor o no. ¡Qué más da!

La verdad es que me daba igual. Nada tenía importancia mientras el maestro estuviera bien.

—Ya no importa. No quiero nada con el maestro —me decía a mí misma, mientras caminaba junto al río.

El agua fluía en silencio rumbo al mar. Probablemente el maestro estuviera acurrucado en el futón, con su pantalón de pijama y su camiseta de manga corta. ¿Habría cerrado la puerta con llave? ¿Habría apagado la luz de la cocina? ¿Habría comprobado que el gas estuviera apagado?

—Maestro... —suspiré—. Maestro.

Un frescor otoñal ascendía desde el río. «Buenas noches, maestro. La camiseta de "I ♥ NY" le sienta muy bien. Cuando esté del todo recuperado iremos juntos a tomar algo. Como ya empieza a hacer frío, le pediremos a Satoru alguna cosa caliente y beberemos juntos».

Hacía un buen rato que había dejado atrás la casa del maestro, pero seguía dirigiéndome a él como si estuviera a mi lado. Caminaba despacio, siguiendo el curso del río. Parecía que estuviera hablando con la luna.

En el parque

El maestro me había pedido una cita.

Me daba mucha vergüenza utilizar la palabra «cita». Además, el maestro y yo ya habíamos viajado juntos, aunque nunca habíamos sido una pareja en el sentido estricto de la palabra, por supuesto. Más que una cita, lo que habíamos planeado parecía una excursión escolar, porque el maestro me había invitado a visitar una exposición de caligrafía antigua en el museo de arte. En cualquier caso era una cita en toda regla, y fue el maestro quien me propuso: «Tsukiko, ¿por qué no salimos juntos un día?».

No se trataba de una borrachera improvisada en la taberna de Satoru, ni de un encuentro accidental en medio de la calle. Tampoco me había invitado porque casualmente llevara dos entradas en el bolsillo. Me llamó por teléfono expresamente, cuando yo ni siquiera sabía que tuviera mi número, y fue directo al grano para invitarme a salir con él. Al otro lado de la línea la voz del maestro sonaba más dulce que de costumbre, quizá porque el sonido llegaba un poco distorsionado.

Quedamos el sábado a primera hora de la tarde frente a la estación del museo de arte. Tenía que hacer dos transbordos para llegar desde mi casa. Al parecer, el maestro tenía cosas que hacer por la mañana y me dijo que iría directamente al museo.

—Aquella estación es muy grande, Tsukiko. Me da un poco de miedo que te pierdas —bromeó por teléfono.

—No voy a perderme, ya soy mayorcita —le respondí. Me quedé callada, sin saber qué decir a continuación. Hablar por teléfono con Takashi Kojima, cosa que hacíamos con frecuencia aunque apenas nos viéramos, parecía lo más sencillo del mundo comparado con hablar con el maestro. Cuando estábamos sentados en la taberna rellenábamos las pausas contemplando el ir y venir de Satoru tras la barra. Pero por teléfono los silencios eran mucho más evidentes—. Bueno, pues... vale —balbucí para dar continuidad a la conversación, pero mi voz sonaba poco convencida. Aunque me hacía ilusión hablar por teléfono con el maestro, estaba deseando que colgara.

—Bien, Tsukiko. Me alegro de que nos veamos pronto —empezó a despedirse.

—Sí —repuse, con un hilo de voz.

—Entonces, quedamos el sábado a la una y media frente a los torniquetes de la estación. Intenta ser puntual. Si llueve, la cita sigue en pie. Nos veremos el sábado. Hasta luego.

En cuanto se cortó la comunicación, me dejé caer al suelo. A lo lejos oía los pitidos procedentes del auricular, que seguía sujetando en la mano. Permanecí un rato en esa posición.

El sábado amaneció despejado. Era un caluroso día de otoño. La camisa de manga larga que me había puesto era un poco demasiado gruesa y me molestaba. Durante el viaje a la isla había aprendido a prescindir de los vestidos y los zapatos de tacón. Llevaba una camisa, un pantalón de algodón y calzado sencillo. Tenía el presentimiento de que el maestro me diría que parecía un hombre, pero no me importaba.

Había decidido pasar por alto sus opiniones. Me mantendría distante. Neutral. Si él era caballeroso, yo me comportaría como una dama. Quería mantener una relación formal, superficial y duradera, sin esperar nada a cambio. Ya había intentado acercarme a él, pero no me había dejado. Era como si hubiera un muro invisible entre los dos. A primera vista parecía blando y maleable, pero por mucho que lo presionara no me devolvía nada. Era un muro de aire.

Hacía un día fabuloso. Los estorninos se apiñaban en los postes de electricidad. Yo tenía entendido que solían reunirse cuando empezaba a oscurecer, pero los postes de aquella zona estaban abarrotados desde primera hora de la tarde. Parecían estar hablando entre ellos en el idioma de los pájaros.

—Qué escandalosos —comentó alguien detrás de mí, súbitamente. Era el maestro. Llevaba un abrigo oscuro, una camisa lisa de color beige y un pantalón marrón claro. Tan elegante como siempre. Jamás se pondría una corbata hortera.

—Parece que se divierten —dije. El maestro observó durante un rato los estorninos. Luego me miró con una sonrisa en los labios.

—¿Vamos? —sugirió.

—Sí —acepté, mirando al cielo. Solo había dicho un simple «vamos», en el mismo tono de siempre, pero me sentí extrañamente nerviosa.

El maestro compró las entradas. Cuando le ofrecí el dinero, negó con la cabeza y rechazó el billete que yo le tendía.

—No tienes por qué devolvérmelo, fui yo quien te invitó.

Entramos en el museo de arte. En el interior había mucha más gente de la que imaginaba. El museo estaba tan abarrotado que los documentos expuestos apenas se podían leer, y me sorprendió que hubiera tanta gente interesada en la ilegible caligrafía de las épocas Heian o Kamakura. El maestro contemplaba los rollos de pergamino y los cuadros colgantes expuestos en las vitrinas. Yo solo veía su espalda.

—¿No te parece precioso?

El maestro estaba señalando un documento que parecía una carta repleta de caracteres retorcidos escritos con tinta diluida. No entendí nada.

—¿Usted entiende lo que pone ahí?

—La verdad es que no —confesó riendo—. Pero los caracteres me parecen muy bonitos.

—Ya.

—Cuando tú ves a un hombre atractivo te fijas en él aunque no lo conozcas, ¿verdad? Pues con los caracteres ocurre lo mismo.

—Ya —repuse. Según ese razonamiento, cuando él se cruzaba con una mujer atractiva también se fijaba en ella, pensé.

Durante dos horas visitamos la exposición itinerante de la primera planta, bajamos de nuevo a la planta baja y recorrimos la exposición permanente. Yo no entendía en absoluto aquellos garabatos, pero el maestro los comentaba uno por uno. «Qué caligrafía más bonita», susurraba. O bien: «Esos trazos son poco cuidadosos», o: «¡Qué pergamino tan magnífico!». Al final me contagió su entusiasmo. Me divertía expresar mi libre opinión sobre la caligrafía de las épocas Heian y Kamakura. «¡Esa me gusta!», «Tiene algo especial», «Me recuerda a un conocido», comentaba, como si estuviera sentada en una cafetería del centro sin nada mejor que hacer que criticar a los transeúntes que pasaban por la calle.

Nos sentamos en un sofá del rellano. La gente iba y venía frente a nosotros.

—¿Te has aburrido mucho, Tsukiko? —me preguntó el maestro.

—Al contrario, me ha parecido muy interesante —respondí mientras observaba el desfile de gente. Notaba el calor que desprendía el cuerpo del maestro, sentado a mi lado. Mis sentimientos afloraron de nuevo. Aquel sofá duro e incómodo me parecía el lugar más agradable del mundo. Me sentía feliz a su lado. Eso era todo.

—¿Va todo bien, Tsukiko? —me preguntó el maestro, mirándome. Yo caminaba junto a él y me iba repitiendo para mis adentros: «No te hagas ilusiones, no te hagas ilusiones». Recordé un cuento que leía cuando era pequeña, titulado «El aula voladora», en que el joven protagonista se decía a sí mismo: «No llores, no llores, no llores».

Creo que era la primera vez que el maestro y yo caminábamos tan cerca el uno del otro. Normalmente él caminaba delante de mí y yo lo seguía a paso ligero, un poco rezagada.

Cuando venía alguien de frente, nos apartábamos a derecha e izquierda y dejábamos el espacio justo para que pudiera pasar entre nosotros. Cuando el transeúnte había pasado, volvíamos a juntarnos.

—No hace falta que nos separemos, Tsukiko. Podemos apartarnos hacia el mismo lado —sugirió el maestro al ver que otra persona venía en dirección contraria y teníamos que dejarla pasar. Sin embargo, me separé del maestro y me hice a un lado. Me sentía incapaz de arrimarme a él.

—Deja de moverte como si fueras un péndulo —me ordenó de repente, y me sujetó el brazo cuando yo estaba a punto de apartarme otra vez. Tiró de mí enérgicamente. No me agarró con fuerza, pero como yo intentaba ir en dirección contraria noté un fuerte tirón.

—Quiero que te quedes a mi lado —me dijo sin soltarme el brazo.

—Vale —repuse, cabizbaja. Estaba mil veces más nerviosa que el primer día que salí con un chico. El maestro me sujetaba por el codo. Las hojas de las calles empezaban a teñirse de rojo. Yo me dejaba llevar por él, como una delincuente recién arrestada.

El museo de arte estaba situado en el centro de un gran parque. A la derecha había un zoológico. El sol de media tarde iluminaba la parte superior del cuerpo del maestro. Un niño iba esparciendo palomitas por el camino. Una bandada de palomas se abalanzó inmediatamente encima de las palomitas. El niño gritó, sobresaltado. Los pájaros revoloteaban a su alrededor, intentando picotear las palomitas que le quedaban en la palma de la mano. El niño se quedó petrificado, con los ojos llenos de lágrimas.

—Qué palomas más intrépidas —comentó el maestro con voz tranquila—. ¿Descansamos un rato? —sugirió, y se sentó en un banco. Yo me senté a su lado. Los rayos del atardecer también me iluminaban de cintura para arriba.

—Ese niño está a punto de romper a llorar —observó el maestro. Se inclinó hacia delante, aparentemente preocupado.

—Puede que al final se trague las lágrimas.

—No lo creo. Los niños son unos lloricas.

—¿Más que las niñas?

—Sí. Los niños no suelen ser tan fuertes como las niñas.

—¿Usted también era un llorica de pequeño, maestro?

—Yo sigo siendo un llorica.

Tal y como el maestro había vaticinado, el niño rompió a llorar. Las palomas volaban a su alrededor e incluso se habían posado en su cabeza. Una mujer, que parecía la madre, lo abrazó riendo.

—Tsukiko —dijo el maestro, volviéndose hacia mí. Noté que me estaba mirando, pero yo seguí con la vista fija al frente—. Quería darte las gracias por haberme acompañado a la isla aquella vez.

—Ya —respondí. No me apetecía recordar nada de lo que pasó en la isla. Desde aquel fin de semana, las palabras «no te hagas ilusiones» resonaban sin cesar en mi mente.

—Siempre he sido un poco obtuso.

—¿Obtuso?

—¿No se dice eso de los niños que son lentos en actuar y reaccionar?

—Usted nunca me ha parecido una persona obtusa.

Era un hombre decidido y resuelto, que actuaba sin titubear y que siempre mantenía la espalda tiesa como un palo.

—Pues te equivocas. Soy bastante obtuso.

Cuando la madre lo abrazó, el niño empezó de nuevo a esparcir palomitas de maíz.

—Ese niño no escarmienta —se lamentó el maestro.

—Los niños nunca escarmientan.

—Es cierto. Y yo tampoco.

Era un obtuso y nunca escarmentaba. ¿Qué quería decirme con eso? Lo miré con el rabillo del ojo. Estaba observando al niño detenidamente, con la espalda tan recta como siempre.

—En la isla también me comporté como un obtuso.

El niño volvía a estar rodeado de palomas que revoloteaban a su alrededor. La madre lo regañó. Los pájaros empezaron a acorralar también a la mujer, que cogió a su hijo en brazos y echó a andar para escapar de la bandada hambrienta. Pero el niño seguía esparciendo palomitas, de modo que los pájaros no los dejaban en paz. Daba la sensación de que caminaban por una enorme alfombra de palomas.

—¿Cuánto tiempo crees que me queda de vida, Tsukiko? —me preguntó el maestro bruscamente. Nuestras miradas se encontraron. Sus ojos parecían tranquilos.

—¡Mucho, mucho tiempo! —grité sin pensar. Una joven pareja que ocupaba el banco contiguo se volvió hacia nosotros. Unas cuantas palomas alzaron el vuelo.

—No viviré tanto.

—Pero aún le queda mucho tiempo.

El maestro tomó mi mano izquierda con su derecha y la envolvió con su áspera palma.

—Pero si no viviera tanto tiempo tú no serías feliz, ¿verdad?

No supe qué decir y me quedé con la boca entreabierta. El maestro se había descrito a sí mismo como un obtuso, pero era yo quien se estaba comportando como tal. A pesar de lo importante que era aquella conversación, me había quedado boquiabierta, incapaz de reaccionar.

La madre y el hijo se habían ido. El sol empezaba a ponerse y la oscuridad se cernía sigilosamente sobre nosotros.

—Tsukiko —dijo el maestro. De repente, acercó la punta del dedo índice a mi boca entreabierta y rozó mis labios. Cerré la boca inmediatamente, sobresaltada. El maestro apartó el dedo antes de que acabara aplastado entre mis dientes.

—¿Qué está haciendo? —grité. El maestro sonreía con disimulo.

—Es que estabas en las nubes.

—Estaba pensando muy seriamente en lo que acaba de decirme.

—Perdón —se disculpó. Entonces me pasó el brazo por encima del hombro y me atrajo hacia sí. Cuando me abrazó, el tiempo parecía haberse detenido.

—Maestro —musité.

—Tsukiko —susurró él.

—Aunque usted muriera ahora mismo yo estaría bien, maestro. Lo superaré —le prometí mientras hundía la cara en su pecho.

—No pensaba morir ahora mismo —replicó, abrazándome. Su voz era apenas un murmullo dulce y suave, como cuando hablamos por teléfono.

—Solo era un decir.

—Exacto, un decir. Muy bien dicho.

—Gracias.

Estábamos abrazados, pero nuestra conversación seguía siendo completamente formal.

Las palomas alzaban el vuelo en busca de refugio entre los árboles. Una bandada de cuervos revoloteaba en el cielo. Sus graznidos resonaban en el parque. La oscuridad iba ganando terreno. La pareja joven que ocupaba el banco contiguo al nuestro se había convertido en una silueta confusa.

—Tsukiko —dijo el maestro, irguiendo la espalda.

—¿Sí? —respondí mientras me incorporaba yo también.

—Me preguntaba si...

—¿Sí?

El maestro hizo una breve pausa. La luz era tan escasa que no le veía la cara. Nuestro banco era el más alejado de la farola. El maestro carraspeó varias veces.

—Verás...

—¿Sí?

—¿Querrías iniciar conmigo una relación basada en el amor mutuo?

—¿Cómo? —exclamé, perpleja—. ¿A qué se refiere con eso? Sabe que llevo mucho tiempo enamorada de usted —le espeté, olvidando guardar las distancias—. Sabe perfectamente que me siento atraída por usted desde hace mucho tiempo. ¿A qué viene esa tontería del «amor mutuo»?

Un cuervo graznó desde una rama cercana. Sobresaltada, di un bote en el banco. El cuervo graznó otra vez. El maestro sonrió y envolvió mi mano entre la suya.

Me arrimé a él. Pasé el brazo por detrás de su cintura y presioné mi cuerpo contra el suyo. Aspiré el olor de su chaqueta. Olía levemente a naftalina.

—No te arrimes así, Tsukiko. Me da vergüenza.

—Pero si usted me ha abrazado primero.

—No te imaginas lo que me ha costado.

—Pues ha quedado muy natural.

—Es que he estado casado muchos años.

—Precisamente por eso no debería sentirse avergonzado.

—Pero estamos en un lugar público.

—Es de noche, no nos ve nadie.

—Sí que nos ven.

—No lo creo.

Con la cabeza apoyada en su pecho, rompí a llorar. Para que no notara mis sollozos, hundí la cara en su chaqueta y empecé a parlotear mientras él me acariciaba el pelo tiernamente.

—Acepto la proposición —dije—. Estoy de acuerdo en iniciar con usted una relación basada en el amor mutuo —añadí.

—Eso es estupendo. Eres una chica encantadora, Tsukiko —me respondió—. ¿Qué te ha parecido nuestra primera cita?

—Lo he pasado muy bien —admití.

—¿Aceptarías otra? —me preguntó. La oscuridad nos arropaba con su negro manto.

—Claro. En eso consiste una relación basada en el amor mutuo.

—¿Adónde te gustaría ir la próxima vez?

—¿Por qué no vamos a Disneyland?

—¿*Desniland*?

—Disneyland, maestro.

—Ah, Disneyland. Es que no me gustan mucho las aglomeraciones de gente.

—Pero yo quiero ir.

—Pues entonces iremos a *Desniland*.

—Es Disneyland, maestro.

—No seas tan quisquillosa, Tsukiko.

Las tinieblas nos envolvían por completo y nosotros seguíamos hablando sin decir nada. Las palomas y los cuervos ya se habían refugiado en sus nidos. El maestro me rodeaba con su cálido brazo, y yo no sabía si reír o llorar. Al final, no hice ni una cosa ni la otra. Me tranquilicé y me acurruqué en sus brazos, en silencio.

Oía los latidos de su corazón a través de la chaqueta. Nos quedamos sentados en la oscuridad.

El maletín del maestro

Contrariamente a la costumbre, entré en la taberna de Satoru cuando todavía había luz.

Era un día de principios de invierno, de esos en que oscurece temprano, de modo que debían de ser alrededor de las cinco. Había salido a hacer unas gestiones, pero acabé antes de lo previsto y decidí ir directamente a casa, sin volver a la oficina. En otros tiempos habría ido a dar una vuelta por el centro comercial, pero en aquel momento se me ocurrió ir a la taberna de Satoru y llamar al maestro desde allí. Así funcionaban las cosas desde que el maestro y yo manteníamos una «relación formal», según sus propias palabras. Antes de empezar aquella «relación» no habría llamado al maestro. Habría ido sola a la taberna de Satoru y lo habría esperado bebiendo sake con el corazón en un puño, porque nunca sabía si acabaría apareciendo o no.

Las cosas no habían cambiado mucho. La única diferencia era que la incertidumbre había desaparecido.

—Esperar puede ser muy pesado, ¿verdad? —comentó Satoru, levantando la cabeza desde detrás de la barra, donde estaba cortando verduras. Había llegado cuando la taberna todavía estaba cerrada. Encontré a Satoru frente a la puerta, barriendo la calle. Me dijo que aún no tenía nada preparado, pero me invitó a entrar de todos modos.

—Siéntate donde quieras. Abriré dentro de media hora —me informó, y me trajo una cerveza, un vaso, un abridor y un plato con un pedacito de miso.

—Sírvete tú misma —me ofreció el tabernero, mientras movía el cuchillo a gran velocidad encima de la tabla de cortar.

—Esperar tampoco es tan malo.

—¿Tú crees?

Bebí un trago de cerveza. Al cabo de un rato, noté un agradable calorcillo que me recorría el esófago. Mordisqueé un trocito de miso. Era de trigo.

—Tengo que hacer una llamada —me disculpé. Saqué el móvil del bolso y marqué el número del maestro. No sabía si llamarle al fijo o al móvil, pero tras unos instantes de vacilación me decanté por marcar el número de su móvil.

El maestro descolgó al cabo de seis tonos, pero no dijo nada. Permaneció en silencio durante unos diez segundos. No le gustaban los móviles porque la voz llegaba con un poco de retraso.

—No tengo nada en contra de los teléfonos móviles. Es muy interesante ver a un tipo hablando solo en voz alta delante de todo el mundo.

—Ya.

—Pero eso no significa que me guste utilizar esos aparatitos.

Esa fue la conversación que mantuvimos cuando le aconsejé que se comprara un móvil. Al principio se negó en redondo, pero insistí tanto que no pudo rechazarlo. Un antiguo exnovio mío tenía la mala costumbre de no dejarse convencer nunca cuando teníamos opiniones opuestas, pero el maestro era bastante razonable. O quizá debería decir que era bueno. La bondad del maestro procedía de su estricto sentido de la justicia. No era amable conmigo para hacerme feliz, sino porque analizaba mis opiniones sin tener ideas preconcebidas. Se podría decir que su bondad era más bien una actitud pedagógica. Por eso cuando me daba la razón me sentía mucho más feliz que si se hubiera limitado a decirme que sí para tenerme contenta. Aquello fue todo un descubrimiento. No me siento cómoda cuando me dan la razón sin tenerla. Prefiero mil veces que me traten con justicia.

—Si le pasa algo me quedaré más tranquila —alegué.

El maestro abrió los ojos como platos.

—¿Qué va a pasarme? —replicó.

—Cualquier cosa.

—¿Por ejemplo?

—Supongamos que va usted andando por la calle con un par de bolsas en cada mano cuando, de repente, empieza a llover. No hay ninguna cabina telefónica cerca, el porche donde se ha resguardado de la lluvia está cada vez más abarrotado y tiene prisa por volver a casa.

—Si me encontrara en esa hipotética situación volvería a casa andando bajo la lluvia, Tsukiko.

—¿Y si acabara de comprar algo que no pudiera mojarse? Como una bomba que explotara al contacto con el agua.

—Yo no compro bombas.

—Podría haber un asesino entre la multitud refugiada bajo el porche.

—Los asesinos no solo están bajo los porches. También existe el riesgo de que nos crucemos con uno cuando salimos a pasear juntos.

—Pero figúrese que resbala en la calle mojada.

—Si alguien va a resbalar eres tú, Tsukiko. Yo voy de excursión y me mantengo en forma.

Todos sus argumentos eran ciertos. Me quedé en silencio, con la vista fija en el suelo.

—Tsukiko —dijo el maestro al cabo de un rato—. Tú ganas. Me compraré un teléfono móvil.

—¿De veras? —exclamé.

—A los viejos nos puede pasar cualquier cosa en cualquier momento —admitió, acariciándome la cabeza.

—Usted no es viejo, maestro —objeté.

—Pero a cambio...

—¿Sí?

—A cambio, me gustaría que dejaras de llamarlo «móvil». Debes decir siempre «teléfono móvil». Es muy importante. No soporto que la gente se refiera a esos cacharros como «móviles».

Así fue como el maestro se compró un teléfono móvil. A veces le llamaba para que practicara, pero él nunca me llamaba desde el móvil.

—Maestro.

—Sí.

—Estoy en la taberna de Satoru.

—Sí.

Siempre me respondía con monosílabos. Era su forma habitual de hablar, pero en una conversación telefónica sonaba muy brusca.

—¿Va a venir?

—Sí.

—Me alegro.

—Lo mismo digo.

Había conseguido arrancarle una frase entera. Satoru sonreía con aire burlón. Salió de detrás de la barra para ir a colgar la cortinilla en la entrada. Cogí el trocito de miso con los dedos y lo mordisqueé. El olor a cocido empezó a impregnar el ambiente de la taberna.

Solo me preocupaba una cosa.

El maestro y yo todavía no habíamos hecho el amor. Era un tema que me inquietaba tanto como la amenaza de la menopausia o los resultados de los análisis hepáticos que me hacían en las revisiones médicas. El cuerpo humano gira en torno a tres ejes: las glándulas, las vísceras y los órganos genitales. Lo había aprendido gracias al maestro.

Estaba un poco preocupada, pero no me sentía insatisfecha. Hacer el amor no entraba en mi lista de prioridades. Pero al parecer el maestro no compartía mi punto de vista.

—Hay algo que me inquieta, Tsukiko —me confesó un día.

Estábamos en su casa. Llevábamos toda la tarde comiendo tofu hervido y bebiendo cerveza. El maestro había hervido el tofu en una olla de aluminio, con bacalao y crisantemo comestible. El tofu que hacía yo no llevaba guarnición. Empecé a preguntarme cómo era posible que dos desconocidos llegaran a adaptarse tan bien.

—¿Qué es?

—Verás, llevo muchos años sin acostarme con una mujer.

—Ya —repuse con la boca entreabierta, procurando que el maestro no me metiera el dedo dentro. Últimamente siempre lo hacía cuando me cogía desprevenida. Era más travieso de lo que parecía.

—No tenemos por qué hacer nada —respondí precipitadamente.

—¿Podríamos no hacer nada? —inquirió el maestro, meditabundo.

—Sí, podríamos no hacerlo —le aseguré, y me senté en el suelo. Él afirmó gravemente con la cabeza.

—El contacto corporal es básico, Tsukiko. Independientemente de la edad, es un asunto de vital importancia —anunció, con la misma voz firme que empleaba para recitar fragmentos del *Cantar de Heike* desde su tarima de profesor—. Pero no estoy seguro de si podré hacerlo o no —siguió recitando—. Y si fuerzo la situación sin estar convencido y las cosas no salen bien, perderé la poca confianza que me queda. Ese miedo es lo que me impide dar el paso. Lo siento muchísimo —dijo a modo de conclusión, y agachó la cabeza en señal de disculpa. Le devolví la reverencia sin levantarme. «Yo le ayudaré, intentémoslo», me habría gustado decirle, pero me sentía apabullada por su solemne discurso y no me salían las palabras. Ni siquiera fui capaz de tranquilizarlo y pedirle que no se preocupara, que podíamos seguir besándonos y acariciándonos como hasta entonces sin hacer nada más.

Con la mente en blanco, vertí un poco de cerveza en el vaso del maestro. Se la bebió de un trago. Cogí un poco de bacalao de la cacerola. El bacalao salió pegado a un pedazo de crisantemo. El contraste entre el verde y el blanco me pareció hermoso.

—¿Ha visto lo bonito que es, maestro? —observé. Él sonrió y me acarició el pelo como de costumbre.

Quedábamos en distintos lugares. Al maestro parecía gustarle la palabra «cita».

—Te propongo una cita —solía decirme. Aunque vivíamos en el mismo barrio, siempre quedábamos en la estación más cercana al lugar de la cita. Cada uno iba por su cuenta y nos encontrábamos allí. Cuando coincidíamos en el tren, el maestro musitaba: «¡Caramba, Tsukiko! Qué casualidad».

Visitamos el acuario varias veces. Al él le encantaban los peces.

—Cuando era pequeño ya me gustaba hojear libros ilustrados de peces —me explicó.

—¿Qué edad tenía?

—Todavía iba al colegio.

Me enseñó fotos de cuando era pequeño. Aquellos retratos en sepia, desteñidos por el paso del tiempo, mostraban al maestro con un gorro de marinero y una sonrisa de oreja a oreja.

—Qué adorable —comenté. Él asintió.

—Tú sigues siendo adorable, Tsukiko.

Estábamos de pie frente al acuario de los atunes y los bonitos. Mientras contemplaba los peces, que nadaban en círculos en una única dirección, tuve la sensación de que el maestro y yo llevábamos mucho tiempo ahí, de pie.

—Maestro —dije.

—¿Qué ocurre, Tsukiko?

—Le quiero.

—Yo también te quiero, Tsukiko.

Los dos hablábamos muy en serio. Siempre estábamos serios, incluso cuando bromeábamos. Los atunes y los bonitos también estaban serios. La mayoría de los seres vivos son serios.

También fuimos a Disneyland. El maestro dejó escapar una lagrimita mientras contemplábamos el desfile nocturno. Yo también lloré. Supongo que cada uno lloraba pensando en sus cosas.

—Es que las luces nocturnas son muy tristes —se justificó, mientras se sonaba la nariz con un enorme pañuelo blanco.

—No sabía que usted también lloraba.

—Las glándulas lacrimales de los viejos son más sensibles.

—Le quiero, maestro.

No respondió. Seguimos contemplando el desfile en silencio. Las luces iluminaban su perfil y sus cuencas parecían vacías.

—Maestro —lo llamé, pero no me hizo caso—. Maestro —repetí, con el mismo resultado. Sin insistir más, entrelacé mi brazo con el suyo y centré la atención en Mickey, los siete enanitos y la Bella Durmiente.

—Hoy lo he pasado muy bien —le dije.

—Yo también —me respondió al fin.

—Me gustaría volver a salir con usted.

—Volveré a invitarte.

—Maestro.

—Sí.

—Maestro.

—Sí.

—No se vaya, maestro.

—No pienso irme.

El volumen de la música aumentó considerablemente. Los enanitos saltaban. Al final, el desfile se alejó. La oscuridad nos envolvía. Mickey, que cerraba el desfile, avanzaba despacio, moviendo las caderas. El maestro y yo nos dimos la mano en medio de la penumbra. Un escalofrío me hizo temblar levemente.

Me gustaría hablar de la única vez que el maestro me llamó desde su teléfono móvil. Supe que me llamaba desde el móvil por el ruido de fondo que oía al otro lado de la línea.

—Tsukiko —dijo.

—Sí.

—Tsukiko.

—Sí.

En aquella ocasión era yo quien respondía con monosílabos, como si nos hubiéramos intercambiado los papeles.

—Eres un encanto, Tsukiko.

—¿Cómo?

Eso fue lo único que dijo antes de colgar súbitamente. Le llamé de inmediato, pero no contestó. Al cabo de dos horas, volví a llamarle al fijo. Descolgó y respondió tranquilamente, como si no hubiera pasado nada.

—¿Qué quería antes?

—Nada. Me apetecía llamarte, eso es todo.

—¿Dónde estaba cuando me ha llamado?

—Al lado de la verdulería, frente a la estación.

—¿En la verdulería? —repetí con extrañeza.

—Sí, he ido a comprar nabos y espinacas —me respondió.

Solté una carcajada, y él también rio al otro lado de la línea.

—Quiero que vengas, Tsukiko —me pidió sin más preámbulos.

—¿A su casa?

—Sí.

Preparé a toda prisa una bolsa donde embutí el cepillo de dientes, el pijama y la crema facial; y me dirigí a paso rápido a casa del maestro. Me estaba esperando de pie en el portal. Entramos en la habitación cogidos de la mano. El maestro extendió el futón, y yo lo cubrí con una sábana. Preparamos la cama perfectamente sincronizados.

Sin mediar palabra, nos dejamos caer en el futón. Hicimos el amor por primera vez, apasionadamente.

Pasé la noche en casa del maestro y dormí a su lado. Al día siguiente, cuando abrí la ventana, los frutos de la aucuba brillaban bajo el sol de la mañana.

Los ruiseñores se acercaban a picotearlos y trinaban en el jardín. El maestro y yo contemplábamos los pájaros desde la ventana, codo con codo.

—Eres un encanto, Tsukiko —dijo el maestro.

—Le quiero, maestro —respondí yo. Los ruiseñores coreaban nuestras palabras.

Todo aquello me parece muy lejano. Los días que pasé junto al maestro fueron tranquilos e intensos. Habían pasado dos años desde nuestro reencuentro. Nuestra «relación oficial», tal y como solía decir él, duró tres años. No tuvimos más tiempo para compartir.

No ha pasado mucho tiempo desde entonces.

El maestro me dio su maletín. Lo dejó escrito en su testamento.

Su hijo no se parecía a él. Solo me recordó un poco al maestro cuando se dirigió hacia mí e inclinó la cabeza sin decir nada.

—Gracias por todo lo que ha hecho por mi padre Harutsuna —me agradeció con una profunda reverencia.

Cuando oí el nombre del maestro, Harutsuna, las lágrimas me inundaron los ojos. Hasta entonces casi no había llorado. Lloré porque aquel nombre, Harutsuna Matsumoto, me resultaba muy poco familiar. Lloré porque el maestro se había ido antes de que me acostumbrara a él.

Dejé su maletín junto al tocador. De vez en cuando voy a la taberna de Satoru, pero no tanto como antes. Satoru no me dice nada. Siempre va arriba y abajo como si estuviera muy ocupado. El ambiente de la taberna es cálido, de modo que a veces doy alguna que otra cabezadita. «Eso es de muy mala educación», me diría el maestro.

He recorrido un largo camino,
el frío penetra mi ropa gastada.
Esta tarde el cielo está despejado,
¡cómo me duele el corazón!

Es un poema de Seihaku Irako que el maestro me enseñó un día. Sola en mi habitación, leo en voz alta poemas que recitaba el maestro y también otros que no llegó a enseñarme. «Desde que usted murió he estado estudiando», susurro.

Suelo llamarlo en voz baja: «¡Maestro!». De vez en cuando, oigo su voz que me responde desde algún lugar del cielo: «¡Tsukiko!». Preparo el tofu hervido como él, con bacalao y crisantemo. «Algún día volveremos a vernos», le digo, y el maestro me responde desde el cielo: «No tengo la menor duda».

En noches como esta, abro el maletín del maestro. En su interior no hay nada, solo un vacío que se extiende. Un enorme espacio vacío que crece sin parar.

Índice

El cielo es azul, la tierra blanca de Hiromi Kawakami
se terminó de imprimir en abril de 2022
en los talleres de
Impresora Tauro, S.A. de C.V.
Av. Año de Juárez 343, col. Granjas San Antonio,
Ciudad de México